本书系教育部人文社会科学研究青年基金项目"奥古斯特·威尔逊戏剧空间研究"（15YJC752023）

2015年度辽宁省社会科学规划基金项目"奥古斯特·威尔逊戏剧空间研究"（LL5BWW010）的研究成果

本书得到"大连外国语大学学科建设专项经费资助项目"资助

The Dramatic Space in August Wilson's *Pittsburgh Cycle*

奥古斯特·威尔逊

《匹兹堡系列剧》的戏剧空间

吕春媚◎著

九州出版社
JIUZHOUPRESS

图书在版编目（CIP）数据

奥古斯特·威尔逊《匹兹堡系列剧》的戏剧空间／
吕春媚著．－－北京：九州出版社，2018.11

　　ISBN 978－7－5108－7685－1

　　Ⅰ.①奥… Ⅱ.①吕… Ⅲ.①奥古斯特·威尔逊—戏
剧文学—文学研究 Ⅳ.①I712.073

　　中国版本图书馆 CIP 数据核字（2018）第 286079 号

奥古斯特·威尔逊《匹兹堡系列剧》的戏剧空间

作　　者　吕春媚
出版发行　九州出版社
地　　址　北京市西城区阜外大街甲 35 号（100037）
发行电话　（010）68992190/3/5/6
网　　址　www.jiuzhoupress.com
电子信箱　jiuzhou@jiuzhoupress.com
印　　刷　三河市华东印刷有限公司
开　　本　710 毫米×1000 毫米　16 开
印　　张　12
字　　数　150 千字
版　　次　2019 年 1 月第 1 版
印　　次　2019 年 1 月第 1 次印刷
书　　号　ISBN 978－7－5108－7685－1
定　　价　58.00 元

序

　　吕春媚的专著《奥古斯特·威尔逊〈匹兹堡系列剧〉的戏剧空间》即将付梓，作为她的博士生导师，我很高兴为其专著作序。这本书是在她此前出版的英文专著《奥古斯特·威尔逊〈匹兹堡系列〉中非裔美国人的空间表征》之后，又一部关于奥古斯特·威尔逊的著作，也是她近几年主持的教育部人文社会科学研究青年基金项目"奥古斯特·威尔逊戏剧空间研究"的学术成果。

　　自列斐伏尔的《空间的生产》一书问世以来，人们越来越认识到空间不再是社会关系的静止的容器，而是社会关系生产和再生产的过程。空间转向对于当代非裔美国戏剧产生了重大的影响，空间性逐渐成为现代思想领域中一个不可回避的主题，时刻潜移默化地影响着作家的文学创作。当代非裔美国戏剧家们也在文学创作中不同程度地表现了对空间的关注。作为第二次世界大战后美国最重要的戏剧家之一，奥古斯特·威尔逊在其剧作中运用空间表现了非裔美国人的生活、遭受的创伤、传统非洲文化的丧失以及种族身份重构的历程。威尔逊的艺术成就自 20 世纪 80 年代以来就引起了国外学界的广泛关注，尤其是在 2005 年威尔逊辞世后，有关其作品的研究成果更是层出不穷。近些年国内学者对威尔逊及其作品的研究也在不断深入。吕春媚撰写的《奥古斯特·威尔逊〈匹兹堡系列剧〉的戏剧空间》一书从空间角度集中审视了奥古斯特·威尔逊的戏剧，论述深刻，分析透辟，为拓展国内外对威尔逊的研究提供了一定的参考价值。此外，本书也有助于读者深刻了解当代非裔美国剧作家对非裔美国人生活的深刻思考和深切关注。我认为，这部学术著作主要有以下三个特点。

一、本书从空间的角度研究当代非裔美国戏剧，在一定程度上提高了戏剧作品的开放性，有助于我国读者和观众理解非裔美国戏剧。此外，研究当代非裔美国戏剧家空间塑造的艺术手法为研究中国戏剧的舞台空间提供了可资借鉴的依据，也为戏剧研究者在文本研究方面提供了新的思路和研究方法。

二、本书在学术观点上体现了一定的独创性。目前，我国非裔美国戏剧的研究仍然未能摆脱文化隔阂和研究视角的局限，诸多研究存在着紧随美国学术话语的现象。这部著作在对国外资料的全面收集和系统整理的基础上，虽然追踪了美国同行的研究，但体现了中国研究者的视角。该书从空间的角度出发，深入探讨了《匹兹堡系列剧》中的地理、历史、黑白权力关系和非裔美国人民族身份等文化空间问题。

三、本书充分体现了理论探析与文本解读之间的有机结合，作者不仅有效地借鉴了某些文学理论，而且将研究建立在对具体文本细致研读的基础之上。作者对剧作中多元戏剧空间的解读无疑会给读者留下深刻的印象。

《奥古斯特·威尔逊〈匹兹堡系列〉的戏剧空间》是我国第一部有关奥古斯特·威尔逊戏剧研究的中文专著。近几年来，作者陆续在《当代外国文学》《英美文学研究论丛》《东北师大学报

(哲学社会科学版)》等刊物发表了高质量的学术论文,不断充实、提高和完善已有的研究。她曾在奥古斯特·威尔逊的故乡宾夕法尼亚州学习并研究戏剧,收集了大量的关于奥古斯特·威尔逊的相关文献。她对戏剧的钟爱在这部专著中可见一斑。

　　《奥古斯特·威尔逊〈匹兹堡系列〉的戏剧空间》对于那些对美国戏剧和空间理论感兴趣的读者具有一定的参考价值。这部著作的出版是作者学术生涯中又一个新的亮点。我衷心希望她今后能再接再厉,取得更丰硕、更优秀的学术成果。

李维屏

2018 年 2 月于上海外国语大学

目 录
CONTENTS

绪　论

作为第二次世界大战后美国最重要的戏剧家之一，奥古斯特·威尔逊（August Wilson，1945–2005）自 20 世纪 80 年代以来，就以其卓越的文学成就蜚声文坛。他用了二十多年的时间创作了十部剧本，分别对应 20 世纪的每个十年，组成了《匹兹堡系列剧》（Pittsburgh Cycle）。这一系列剧将非裔美国人近四百年的历史以隐喻的手法浓缩在整个 20 世纪中，通过戏剧舞台史诗般地呈现在观众面前。

凭借两次获得普利策奖、两次托尼奖以及其他不胜枚举的荣誉，奥古斯特·威尔逊无可厚非地被众多评论家认为是当代最具有影响力和最成功的非裔美国剧作家，是"在二战后的兴盛时期，继田纳西·威廉姆斯和阿瑟·米勒以来在美国出现的最富有戏剧性的声音"①。他所创作的《匹兹堡系列剧》重构了 20 世纪在特殊历史背景下的城市非裔美国人的日常生活和经历。威尔逊之所以创作《匹兹堡系列剧》，是为了记录非裔美国人所面临的最重要的问题，并且重新审视历史。② 这一系列剧中的每一部剧都描述了 20 世纪某一历

---

① Henry, William A., III. 1992. "Exorcising the Demons of Memory." *Time*. 27 Apr. 1988. Rpr. *New York Theater Critics Reviews*. p. 99.

② Powers, Kim. 1984. "An Interview with August Wilson." *Theater*. 16. 1. p. 52.

史性时刻。系列中的第一部剧《海洋之珍》被设定在 1904 年，最后一部剧《高尔夫电波》被设定在 1997 年。从整体上看，这个系列完整地对应 20 世纪非裔美国人的历史。作为威尔逊历史性和文化性的表达，《匹兹堡系列剧》创造了一个强调自我决定和延续非裔美国人文化认同集体观念的戏剧世界。《匹兹堡系列剧》令威尔逊成为美国名声大噪的剧作家，并使他获得包括普利策奖、托尼奖、纽约戏剧评论界奖、剧评人奖、美国戏剧评论家协会奖等诸多奖项。

作为 20 世纪下半叶最伟大的美国戏剧家，奥古斯特·威尔逊及其《匹兹堡系列剧》引起了学界的广泛关注。自 20 世纪 80 年代起，国外（主要是美国）对威尔逊及其作品的研究主要可以归为以下四个方面：

1. 威尔逊生平和创作经历的研究

威尔逊戏剧研究专家桑德拉·G·香农（Sandra G. Shannon）在其专著《奥古斯特·威尔逊的戏剧视域》（*The Dramatic Vision of August Wilson*）中详细叙述了威尔逊戏剧的生平和创作经历，这是早期威尔逊研究成果中最具影响力的一部专著。玛丽莲·艾尔金斯（Marilyn Elkins）主编的《奥古斯特·威尔逊：专题资料汇编》（*August Wilson：A Casebook*）介绍了威尔逊的戏剧生涯和艺术成就，是一部关于威尔逊生平的权威著作。

2. 作品主题研究

众多的学术期刊论文、专著和博士论文聚焦于威尔逊戏剧作品主题的研究。金·佩雷拉（Kim Pereira）的博士论文《奥古斯特·威尔逊戏剧中的身份追寻：对分离、迁移和重聚主题的探究》（"The Search for Identity in the Plays of August Wilson：An Exploration of the Themes of Separartion，Migration，and Reunion"）是第一本关于威尔逊的博士论文，在这篇论文中他阐释了威尔逊作品中非裔美国人追寻个人身份的主题。在金·佩雷拉的著作《奥古斯特·威尔逊和非裔美国人的奥德赛》（*August Wilson and the African-American Odyssey*）中，金运用传统的方法解析了威尔逊作品中的历史主题。

3. 人物分析研究

对威尔逊剧作中主要人物的分析是威尔逊研究中的另一焦点。学者彼得·伍尔夫（Peter Wolfe）和王群（Qun Wang）从勇士精神的角度分析了威尔逊作品中的黑人勇士。哈利·伊拉姆（Harry J. Elam）剖析了威尔逊戏剧中傻瓜角色的作用。此外，威尔逊作品中为数不多的女性角色也吸引了部分学者的关注。

4. 非裔美国文化研究

从非裔美国文化的角度探讨威尔逊作品是国外研究的另一视角。其中威尔逊剧作中布鲁斯音乐的运用吸引了不少学者和评论家。桑洲·阿黛尔（Sandra Adell）强调布鲁斯构成了威尔逊作品中的哲学体系，是了解美国黑人的一种方法，也是黑人从被压迫中得以暂缓的途径。金·佩雷拉（Kim Pereira）则认为音乐是威尔逊戏剧艺术的基本成分，在某些情况下它是主题的一部分，而在另一些情况下它扮演着象征性的角色。瑞吉纳·泰勒（Regina Taylor）追溯了布鲁斯的历史，探讨了威尔逊作品中人物的艰难历程和未实现的梦想是如何通过布鲁斯音乐表现出来的。此外，威尔逊研究最新的专著《奥古斯特·威尔逊和黑人美学》（*August Wilson and Black Aesthetics*）分析了黑人美学在威尔逊作品中的体现。

相对于美国卷帙浩繁的研究状况，国内对奥古斯特·威尔逊及其作品的研究才刚刚起步。这不仅仅表现为与之相关的文章、评论等数量有限，更为主要的是国内至今还没有一部有关威尔逊的权威性专著。中国国内对威尔逊的研究始于 2007 年，到目前为止，国内学者主要是从布鲁斯音乐、非裔美国人身份问题、黑人美学、后现代视角下的历史表征和创伤等角度对威尔逊戏剧进行分析探讨。近几年，国内外研究威尔逊及其作品的视角有细化的趋势，其研究的层次不断深入，意在探索威尔逊作品中更深层次的意义。然而到目前为止，从空间的角度切入研究威尔逊的《匹兹堡系列剧》还是一个有待填补的学术空白。本书结合亨利·列斐伏尔（Henri Lefebver）的空间批评与戏剧空间理论细致研究《匹兹堡系列剧》中的戏剧空间，一方面发掘剧作家空间塑造和运用的特点；另一方面，探讨威尔逊作品中文本空间和现实空间的关系，印证空间理论在戏剧文本中的应用，进而理解 20 世纪非裔美国人所经受的生存困境以及他们为了构建生存空间所做出的努力。

　　威尔逊在《匹兹堡系列剧》中多次以匹兹堡市希尔区为背景，这使他的作品具有强烈的空间感。在这部历史系列剧中，空间逐渐被拓宽、被延伸，希尔区成为非裔美国人精神意识和能动性变化的地理载体和构建媒介。这一独特区域空间特定的意识形态内涵为《匹兹堡系列剧》的空间研究提供了先决条件。

　　首先，剧作家的空间写作与他的出生地——希尔区密切相关，这一地点也是《匹兹堡系列剧》中除了《莱尼大妈的黑臀舞》之外其余九部戏剧的物理空间。希尔区在威尔逊作品中的普遍存在绝非巧合，因为正是这个普通的非裔美国人居住区见证了威尔逊的成长经历。一方面，剧作家从小在希尔区长大。在这里，他被排斥和定型为年轻的黑人男性。另一方面，这个地方是他灵感的源泉。他在希尔区的工作经历和自我教育不仅为他提供了丰富的关于非裔美国人的阅历，也使他能够深入了解黑人工人阶级。威尔逊明确地将希尔区作为他戏剧的持续背景："我想，我将它们设定于匹兹堡的背景中，是因为这是我最了解的地方吧。"① 他对希尔区的熟识程度能够使他游刃有余地展现这个地区的全貌以及非裔美国人的生活经历。

---

① Shannon, Sandra G. 1993. "Blues, History, and Dramaturgy: An Interview with August Wilson." *African Review*. 27. 4. p. 554

选择匹兹堡市希尔区这一地点的特别之处还在于威尔逊不断认识到空间在其写作中的重要作用。在《匹兹堡系列剧》中，与其说这个非裔美国人的居住区是物理环境，不如说它是一剂活化剂，对空间内的空间主体产生了深刻的影响，成为非裔美国人20世纪在美国经历的代表性空间。威尔逊在他剧中虚构的希尔区涵盖了诸多非裔美国人所面临的问题：奴隶制度对于非裔美国家庭的破坏；非裔美国人的北移及其对城市工业的艰难适应；经济大萧条时期；非裔美国职业音乐家、运动员、劳工和企业主的艰苦奋斗；二战后非裔美国退伍军人重返旧街区的生活，以及非裔美国人社区的拆毁。他将非裔美国人多元化的空间在希尔区叠加之后，真实再现了20世纪非裔美国人所经受的生存困境以及他们为了构建生存空间所做出的努力。

和许多现代及后现代剧作家不同，威尔逊在其戏剧创作中遵从亚里士多德（Aristotle）提出的地点同一性的原则。他除了将戏剧的物理空间设定在希尔区外，还在其剧作中只设置一个布景。地点的同一性有助于将所有元素聚焦在某一点，在戏剧中产生特殊的戏剧集中效果。地点的同一性既可以帮助观众们将注意力集中在某一固定地点发生的事情上，又能够为观众提供一个见证非裔美国人在一成不变的物理空间内为了抗争和生存而不懈努力的机会。

威尔逊在《匹兹堡系列剧》中建构了多元的戏剧空间，并赋予每一个空间丰富的含义。他建构的空间大体可以分为两类：一类是充满了种族歧视的禁锢空间，而另一类是宣扬黑人民族主义和非洲文化的开放空间。首先，威尔逊在《匹兹堡系列剧》的每一部戏剧中都建构了一个反复出现的空间。这个空间充满了无处不在的种族主义、压迫和创伤，造成了非裔美国人的痛苦和创伤。例如，在《莱尼大妈的黑臀舞》和《七把吉他》中，他展现了一个非裔音乐家在被白人控制的唱片业中苦苦挣扎的空间；在《乔·特纳来了又去了》和《海洋之珍》中，他建构了重现"中间航道"的空间，体现出美国白人盖印在非裔美国人身上的一段难以忘怀的历史；在《钢琴课》中，他重现了一个展示奴隶制对非裔美国人造成影响的空间；在《两列火车飞奔》中，他展示了一个白人对非裔美国人进行经济剥削的空间。通过建构这些收缩空间，威尔逊成功地反映了非裔美国人压抑的生活空间以及他们被歧视、被异化和被孤立的生活窘境。

除此之外，威尔逊在《匹兹堡系列剧》中还建立了一种积极的空间。在这一空间内，非裔美国人在政治和文化方面赋予自我能力，以应付种族主义和异化的环境。在《两列火车飞奔》中，威尔逊将整个故事设置在黑人民权运动时期。非裔美国人集体反对不公正对待，致力于建立自决、自尊和自立的政治空间。此外，在许多戏剧中，威尔逊把他的人物置身于一个来自非洲或来源于非裔美国人生活经历的仪式音乐和活动的空间里。他表示，只有回到非洲祖先的文化空间中，非裔美国人才能获得力量去为了平等的生存空间而斗争。

威尔逊建构的上述两类空间动态地再现了非裔美国人在20世纪不同时期的经历和发展。本书以《匹兹堡系列剧》中的作品作为研究对象，分别研究社会空间、心理空间、政治空间、文化空间、历史空间等多元化空间以及这些空间对于空间主体产生的影响。同时本书探讨了威尔逊所创造出的两种空间（开放空间和禁锢空间）对空间的生产和再生产所起到的作用。此外，在《匹兹堡系列剧》中，威尔逊运用多种艺术手法塑造了多元化的非裔美国人的空间。本书深入研究这一历史系列剧中的舞台背景、舞台内空间、舞台外空间、音乐、舞台物体等塑造空间的艺术手法，总结并研究威尔逊塑造空间的艺术手法。

本书在前人研究成果的基础上，从列斐伏尔的空间理论及当代戏剧空间研究角度出发，通过空间解读探究威尔逊的戏剧作品中所存在的社会、心理、政治、文化意义。同时从外缘角度审视《匹兹堡系列剧》中所反映出的戏剧家非裔美国人的文化身份问题。

首先，本书中选取的空间理论不是单纯的理论框架，而是对戏剧文本的微观分析，也是揭示戏剧文本中隐藏在物理环境下的社会、心理、政治及文化因素的有效工具。再者，列斐伏尔在《空间的生产》中重申了空间性、社会性和历史性三者之间的关系。无独有偶，威尔逊也关注了同样的问题。列斐伏尔认为"如今，阶级斗争已经介入了空间生产"。[①] 黑人与白人之间的冲突也隶属于阶级斗争，因此，从空间角度探究威尔逊《匹兹堡系列剧》为理解种族关系及非裔美国人的身份建构提供了一个新思路。本书的基本框架是列斐伏尔的空间理论，同时借鉴了其他文学批评理论，如：戏剧符号学、戏剧空间理论、心理学、政治和文化地理学，以此来阐释每个章节中的空间建构，共同构成本研究的理论基础。

本研究的论点是基于列斐伏尔的空间理论和戏剧空间理论。空间是戏剧不可或缺的一部分，其概念可追溯到古希腊。希腊思想家以多种方式定义空间，基本可以概括为：1. 空间是抽象与具体的分解体。（希腊宇宙观）2. 运动（空间运动）是一个谜。（巴门尼德，赫拉克利特）3. 空间是多样化的，各向异性的，定向的。（亚里士多德，伊壁鸠鲁）。[②]

亚里士多德在《诗学》Poetics 中最初强调了空间的必要性。他将空间概括为"场景"即：演员的舞台形象，[③] 这也是悲剧的六要

[①] Lefebvre, Henry. 1991. *The Production of Space*. Trans. Donald Nicholson-Smith. Oxford：Blackwell Publishing Ltd. p. 55.

[②] Rehm, Rush. 2002. *The Play of Space：Spatial Transformation in Greek Tragedy*. Princeton：Princeton University Press. p. 296.

[③] Aristotle. *Poetics*. 2006. Trans. Joe Sachs. Newburyport：Focus Publishing. p. 31.

素之一。亚里士多德在《诗学》中强调了情节的统一,而时间和地点的统一却甚少提及。后来的思想家将其观点总结为"三一律":情节、地点和时间的统一。其中,地点的统一是指剧本中只能包含单一的物理空间,既不能压缩地理位置,也不能代指多个地点。

尽管亚里士多德强调了空间的必要性,但在西方现代性历史中,空间往往被视为"一个空空荡荡的容器,其本身和内部都了无趣味,里面上演着历史与人类情欲的真实戏剧。"① "空间被当作死寂、固定、非辩证和静止的东西。相反,时间却是丰富的、多产的、有生命的、辩证的。"② 直到 20 世纪 70 年代,西方学术界才开始重新审视空间的作用,并开始接受"空间转向"。法国理论家亨利·列斐伏尔对空间的复兴做出了重大贡献。自他的著作《空间的生产》问世后,人们越来越认识到空间不再是社会关系的静止的容器,而是社会关系生产和再生产的过程。空间性逐渐成为现代思想领域的一个不可回避的主题,时刻潜移默化地影响着作家们的文学创作。

《空间的生产》(1974) 在阐释社会空间的重要性方面起到至关重要的作用。列斐伏尔摒弃了传统的空间理论,他在其著作中提出:空间是生产的,"(社会)空间是一种(社会)产品"。③ 社会性和生产力是列式空间理论的核心。他指出,空间不仅可以重建社会关系网络,还可以内化道德准则,进而影响社会成员的行为。换句话说,空间既包含了生殖的社会关系,也包含了生产关系。④ 社会产

---

① Wegner, P. E. 2002. "Spatial Criticism: Critical Geography, Space, Place and Tex-tuality." *Introducing Criticism at the 21ˢᵗ Century*. Ed. Wolfreys, J. Edinburgh: Edin-burgh University Press. p. 179.

② Foucault, Michel. 1980. "Questions on Geography." *Power/Knowledge: Selected In-terviews and Other Writings, 1972 – 1977*. New York: Pantheon Books. p. 70.

③ Lefebvre, Henry. 1991. *The Production of Space*. Trans. Donald Nicholson-Smith. Oxford: Blackwell Publishing Ltd. p. 26.

④ Ibid. p. 32.

生空间，反过来，它也受空间的控制和支配。

基于这个概念，列斐伏尔提出了空间三元辩证法：空间实践、空间表征和表征空间。空间实践是通过主体对空间的认知得以实现的，"是社会生产、再生产、衔接和构造的最抽象的过程"。① 它可以被感知、观察和阅读。具体而言，空间实践指的是"日常生活或生产中浮现的交互和交流网络"。② 本书对非裔美国人的空间实践，他们对相互冲突的社会力量的反映，以及为摆脱白人占主导的空间限制而做的努力进行了细致的分析。

空间的表征是一个"概念化的空间，是科学家、规划者、城市主义者和社会工程师的空间，是艺术精神与科学思想相结合的特殊的空间，所有这些专家都把现实存在与感知的内容设想为构想的空间"。③ 空间的表征与生产这一空间的社会生产关系、秩序紧密相关，从而控制语言、话语、文本、标志以及所有文字和语言世界，是"任何社会的主导空间"。④ 在种族社会中，白人作为统治者构思和设计"空间的表征"，以此来控制和隔离黑人及其他少数群体。"空间表征"所产生的意识形态价值和信念影响着社会中的种族关系。在《匹兹堡系列剧》中，一些非裔美国人被"空间的表征"同化，并理所当然地接受强加于他们身上的规则和原则，也有人为了争夺自己的权利和生存空间而不懈奋斗。

---

① Wegner, P. E. 2002. "Spatial Criticism: Critical Geography, Space, Place and Textuality." *Introducing Criticism at the 21*st *Century*. Ed. Wolfreys, J. Edinburgh: Edinburgh University Press. p. 182.

② Schmid, Christian. 2008. "Henri Lefebvre's Theory of the Production of Space: Toward a Three-dimensional Dialectic." *Space*, *Difference*, *Everyday Life*: *Reading Henri Lefebvre*. Ed. Kanishka Goonewardena, Stefan Kipfer, Richard Milgrom and Christian Schmid. New York: Routledge. p. 36.

③ Lefebvre, Henry. 1991. *The Production of Space*. Trans. Donald Nicholson-Smith. Oxford: Blackwell Publishing Ltd. p. 38.

④ Ibid. p. 38 – 39.

　　表征的空间是"体现个体文化经验的空间，包括组成这一空间的符号、意象、形式和象征"；① 表征的空间是指在特定社会中具有象征意义或文化意义的空间，趋向于"由非语言象征和符号组成的相互一致的系统"。② 它强调个体对空间的生存体验。本书探究了《匹兹堡系列剧》中"表征的空间"，包括对戏剧物体、建筑和内部装饰等象征性的运用，并以此来诠释哲学以及空间主体的意识形态。列斐伏尔在其著作中表明，戏剧空间"意味着一种空间的表征，是景观空间的代表，与特定的空间概念相对应……而表征的空间是通过戏剧行为本身建立起来的"。③ 总之，列式空间理论为社会批评提供了强有力的机理，也为多维空间研究奠定了基础。

　　除了列斐伏尔的空间批评，在 20 世纪，戏剧符号学者从符号学角度对戏剧空间进行了尝试性的研究。其中，法国著名符号学理论家安娜·于贝斯菲尔德（Anne Ubersfeld）强调了空间的重要性。她主张空间是仅次于人物角色的第二个主要特征。空间不仅为故事提供了一个环境，而且表达了文本中其他非空间的关系。在《戏剧符号学》（*Reading Theatre*）中，于贝斯菲尔德从空间符号的舞台构建、空间与戏剧文本的关系角度出发，对戏剧空间进行了探讨。她提出的舞台空间的社会文化表征概念为戏剧空间研究做出了巨大贡献。

　　同于贝斯菲尔德一样，迈克尔·伊萨卡罗夫（Michael Issacharoff）也强调了空间在戏剧中的关键作用。在《戏剧中的空间与指称》一文中，伊萨卡罗夫将戏剧空间分为三类：剧场空间（建筑设

---

① Wegner，P. E. 2002. "Spatial Criticism: Critical Geography, Space, Place and Textuality." *Introducing Criticism at the 21ˢᵗ Century*. Ed. Wolfreys, J. Edinburgh: Edinburgh University Press. p. 182.

② Lefebvre，Henry. 1991. *The Production of Space*. Trans. Donald Nicholson-Smith. Oxford: Blackwell Publishing Ltd. p. 39.

③ Ibid. p. 188.

计）、舞台空间（舞台与布景设计）和剧本空间（剧作家使用的空间）。① 他进一步将剧作家的剧本空间细分为模仿空间和叙述空间，并仔细考察了二者之间的区别及关系。尽管伊萨卡罗夫对空间重要性的断言有待推敲，但他提出的空间术语是值得后来学者借鉴的。

汉娜·丝考妮可芙（Hanna Scolnicov）在《女性戏剧空间》一书中将她提出的空间类别与伊萨卡罗夫的空间术语进行了比较，并指出伊萨卡罗夫创建的两个术语（模仿空间和叙述空间）存在一定的问题。② 在《剧场空间、戏剧空间和戏剧外空间》中，丝考妮可芙继而提出了两个新术语：舞台外空间和舞台内空间。舞台内空间指舞台上可视、可感、可触空间；舞台外空间是不可视的虚拟空间。无论是感知空间还是构想空间，"戏剧空间都是剧作家哲学立场的最好表达……对烘托戏剧主题和安排剧情结构起到至关重要的作用"。③ 总而言之，丝考妮可芙找到了另一种戏剧分析方法，取代了传统的从情节、人物、主题等方面的分析。比较而言，汉娜·丝考妮可芙对"舞台内空间"和"舞台外空间"的划分比迈克尔·伊萨卡罗夫的"模仿空间"和"叙述空间"的划分更科学、更准确。本书主要运用汉娜·丝考妮可芙的"舞台内空间"和"舞台外空间"理论来解读威尔逊剧本中的戏剧空间，分别从舞台外空间（Theatrical Space Without）和舞台内空间（Theatrical Space Within）两个空间层面研究《匹兹堡系列剧》中的戏剧空间，通过解读戏剧作品中的空间表征，进而研究戏剧作品中隐藏的含义。

---

① Issacharoff, Michael. 1981. "Space and Reference in Drama." *Poetics Today*. Vol. 2. No. 3. p. 212.

② Scolnicov, Hanna. 1994. *Woman's Theatrical Space*. Cambridge：Cambridge University Press. p. 5.

③ Scolnicov, Hanna. 1987. "Theatre Space, Theatrical Space, and the Theatrical Space Without." *The Theatrical Space*. Cambridge：Cambridge University Press. p. 15.

本书共分十三章。

第一章 "黑白的空间对峙——《莱尼大妈的黑臀舞》中的社会空间"论述了威尔逊在《莱尼大妈的黑臀舞》中如何真实再现了20世纪20年代美国社会空间的等级化、剥削性的异质特征，同时反映了囚禁在种族歧视的社会空间内的美国黑人迥然不同的空间实践。作为一部关注黑人空间生产的剧作，这部作品展现了威尔逊巧妙运用现实素材构建富有象征含义的社会空间的精湛艺术手法和对美国社会空间的深刻反思。

第二章 "无法治愈的伤痛——《篱笆》中的心理空间建构策略"剖析了威尔逊如何将心理空间建构作为戏剧阐释的重要策略之一，在《篱笆》突破传统戏剧空间的艺术手法，通过视觉化、图像化、隐喻化和诗意化策略构建了非裔美国人异化的心理空间。舞台内空间（舞台场景、戏剧物体）和舞台外空间（碎片化记忆、布鲁斯音乐）的并置呈现了地理空间的迁移和高度隔离化的空间环境给非裔美国人在心理空间层面带来的无法治愈的伤痛和情感上的疏离。

第三章 "彷徨与探索——《篱笆》中多重空间禁锢下的自我身份建构之旅"从物理空间、社会空间以及心理空间三大维度解读《篱笆》，阐释了物质空间对非裔美国人构建自我身份的重要性，并探究了非裔美国人在白人主导的社会空间下，对寻求身份定位所做的努力与挣扎，揭示了在多重空间的禁锢下，回归与传承传统文化是非裔美国人获得独立心理空间的唯一途径。

第四章 "弥散的白人幽灵——《钢琴课》中脆弱的空间交界"解析了在《钢琴课》中，威尔逊如何通过舞台空间中的戏剧物体展现了白人群体对黑人群体在空间上的侵袭和控制。无论是静态的戏剧物体——门和楼梯，还是动态的戏剧物体——卡车，都能够反映出白人空间和黑人空间之间脆弱的空间交界。面对这些不堪一击的空间交界，非裔美国人只有通过拥有本民族的文化和传承家族记忆，才能够最终真正获得自我的生存空间。

第五章　"矛盾中的平衡——《钢琴课》中的社会空间建构"分析了威尔逊如何通过运用丰富的戏剧符号生动建构了非裔美国人双重矛盾的社会空间。两种人物行动素模式表明了种族间矛盾和种族内部矛盾是 20 世纪 30 年代美国社会空间的主要特点。钢琴、食物等具有隐喻作用的空间表征展现了剧中非裔美国人社会空间的特质。"高谈阔论"的戏剧话语模式将舞台内空间延伸至舞台外空间，生动再现了非裔美国人的历史和文化。戏剧空间是威尔逊戏剧创作的重要载体，通过在该剧中建构社会空间，威尔逊不仅以隐喻的方式再现了 20 世纪 30 年代非裔美国人的生活，而且指出了历史和文化是非裔美国人自我赋权和重构身份的重要途径。

第六章　"迷失·救赎·重生——《海洋之珍》中希特森的精神复活之旅"探究了《海洋之珍》一剧中主人公希特森如何在充满歧视的社会空间与迷茫无措的心理空间的双重打击下变为一只迷途的羔羊；进一步分析他如何在艾斯特姨妈构建的物理空间与文化空间的支撑下溶解社会空间与心理空间对于希特森认知空间的强行占有，救赎他灵魂的同时为他构建新空间提供充裕的场所。最终，希特森得以生产新空间，逐步形成完整的外部世界认知与内心自我认识，获得重生的勇气，成为为黑人自由而斗争的勇士。

第七章　"分离·阈限·聚合——《海洋之珍》中仪式化空间的阐释"关注了《海洋之珍》中的多维度仪式化空间。这些仪式化空间具有分离、阈限和聚合的特征及死亡、孕育和重生功能。剧作家威尔逊通过仪式化空间倡导非裔美国人建构自己的仪式化空间，脱离过去的愚昧与无知，完成自我救赎与反思，最终实现非裔民族的发展和进步。

第八章　"外延与内涵的融合——《廉价汽车站》中的社会空间"在列斐伏尔和索雅的空间理论的框架下，从社会空间的表征、

社会空间主体以及社会空间与空间主体的关系三方面探讨了 20 世纪
70 年代非裔美国人的社会空间形成的背景和原因，从而展现特定时
期非裔美国人的生存状态和生存环境，并指出非裔美国人若想在以
白人占据主导权的领地上生活顺遂，不能以抛弃原生态的价值观为
代价，而要在回归和继承传统文化的基础上融入当地社会，增强其
社会认同感。

第九章 "打破空间的宰制——《廉价出租车》的空间建构"
展示了非裔美国人在白人主导的社会空间下，对寻求身份定位所做
的努力与挣扎，从而进一步揭示出在多重空间的禁锢下，积极寻求
自我身份的重新建构，重塑非裔美国人的文化身份是非裔美国人获
得独立心理空间的有效途径。

第十章 "自决·自尊·自卫——《两列火车飞奔》中的政治
空间"探讨了《两列火车飞奔》中黑人民族主义的政治空间。列斐
伏尔三元辩证理论中的空间实践、空间的表征和表征的空间可以有
效地透析出社会空间所蕴含的社会意义和政治属性。在该剧中，威
尔逊充分利用舞台外空间反映了 20 世纪 60 年代非裔美国人所遭受
的不同形式的种族歧视以及黑人社区日益恶化的暴力冲突。面对如
此恶劣的生活空间，非裔美国人通过黑人民权运动来改造受压迫的
空间，打破空间对人们生存状况的宰制，实现空间拓展，以期最终
建立独立的政治空间。本章集中分析《两列火车飞奔》中的非裔美
国人在空间实践的过程中，从寄期望于白人到自我决定的变化历程，
指出威尔逊的政治立场：民族自决是非裔美国人构建政治空间、获
得政治权利的有效途径。

第十一章 "空间的重塑与记忆的传承——《匹兹堡系列剧》
中的历史空间建构"通过分析《匹兹堡系列剧》中的布景道具、人
物名字、音乐、服装等戏剧符号中所承载的历史信息，探讨威尔逊
如何通过建构历史空间，再现 20 世纪非裔美国人的历史活动，展示

非裔美国人在面对困难时所表现出的坚强、勇敢、乐观、睿智和勇于承担责任的黑人勇士精神。

第十二章 "心灵的需求 精神的家园——《匹兹堡系列剧》中非裔美国人的精神空间"分析了《匹兹堡系列剧》中的精神空间的特点、模式和作用。威尔逊笔下的非裔美国人通过友谊建构了精神空间，这种空间使他们获得了归属感，并给予他们战胜困难的决定性的支撑力量。

第十三章 "多元的戏剧空间——《匹兹堡系列剧》的戏剧空间阐析"解读了威尔逊剧作中的社会空间、心理空间、政治空间和文化空间。威尔逊的作品在反映现实的同时，也蕴含了对城市空间的认识与反思。从多元空间的视角分析威尔逊的戏剧有益于深刻理解戏剧作品的开放性特点，加深对非裔美国人生活的思考，以及探寻受空间压制的主体自我空间的构建。

第一章　黑白的空间对峙

——《莱尼大妈的黑臀舞》中的社会空间

　　空间是人类生存体验的基本形式之一。每一个时代、每一个民族都有其与众不同的空间形式，因此作家们对于不同空间有着截然不同的主体空间体验。作为美国黑人的代言人，奥古斯特·威尔逊在《匹兹堡系列剧》中不断审视美国社会空间，通过塑造形形色色、富有寓意的美国黑人角色，呈现了囚禁在种族歧视的社会空间内美国黑人的空间实践。

　　空间具有其社会属性，每一个社会都会产生属于自己的空间。戏剧空间不仅包括戏剧家建构的物理空间，而且也涵盖着承载社会关系、社会含义和社会要素的社会空间。作为《匹兹堡系列剧》中反映美国黑人 20 世纪 20 年代生活的剧作，《莱尼大妈的黑臀舞》（*Ma Rainey's Black Bottom*，1982）描述了美国黑人的生活、社会结构以及他们所面对的不公平待遇，构建了一个令人窒息的种族歧视盛行和黑白种族冲突的社会空间，正如剧评家弗兰克·瑞奇（Frank Rich）所说："在其独特的艺术效果背后，这部剧深刻透视出白人种族歧视对其受害者所造成的严重伤害。"① 威尔逊通过运用舞台场

---

　　① Rich, Frank. 1984. "Wilson's Ma Rainey's Opens." *New York Times*. p. C1.

景、剧中人物、戏剧物体和人物对话等方式展现了其精湛的戏剧空间塑造艺术手法和对美国社会空间的深刻反思。本章从社会维度具象化该剧作的戏剧空间，突破传统戏剧文本分析方法，分析《莱尼大妈的黑臀舞》中的物理空间、空间主体间社会关系及其空间实践，进而揭示该剧社会空间的特征以及社会空间对空间主体所产生的影响。

一、等级化的社会空间

戏剧作品中文本地点具有丰富的表征含义。"戏剧空间是模仿的场所……像是一面镜子，既反映文本的方向，又反映其编码的意象。"① 《匹兹堡系列剧》中大部分的作品都以匹兹堡市的黑人空间聚集地希尔区为地点，美国黑人在这个具有防御功能的安宁利处里可以畅所欲言。然而，出版于 1982 年的《莱尼大妈的黑臀舞》与《匹兹堡系列剧》中的其他剧作迥然不同，剧作家将这部作品的物理空间设定在 20 世纪 20 年代的芝加哥——"一座肮脏混乱、满目疮痍的城市"。② 离开了希尔区的安全庇护，美国黑人置身于充满恶意的种族歧视下。《莱尼大妈的黑臀舞》的文本地点象征性地指代了 20 世纪 20 年代的美国社会空间。通过将戏剧人物安置在芝加哥一座三层的录音棚里，威尔逊建构了一个混杂化和支离性的都市社会空间。芝加哥作为美国社会具有普适性隐喻。她将南北方各自的特点，黑白群体不同的生活，以及精神和世俗的追求融合交织在一起。社会在转型过程中传统和现代的冲突与融合在这里得到了充分的体现。威尔逊将《莱尼大妈的黑臀舞》的地点设在芝加哥市是寓意深长的：

① Ubersfeld, Anne. 1999. *Reading Theatre.* Trans. Frank Collins. Toronto: University of Toronto Press. p. 96.

② Wilson, August. 1985. *Ma Rainey's Black Bottom.* New York: Plume. p. xv.

"许多黑人离开了贫瘠的南方来到这座城市找寻工作，她像磁石般将布鲁斯歌手吸引到这里的俱乐部和录音棚。"① 然而在到达了北方之后，黑人们却发现芝加哥并未在经济、政治和社会制度上给他们提供他们所期待的平等待遇。黑白之间的空间种族隔离体现在住房、教育、交通和文化等诸多社会领域。作为感知空间、构想空间和生活空间的综合体，芝加哥反映了社会空间的众多层面，充分体现了美国白人和黑人所进行的空间活动与空间和生产之间千丝万缕的联系。

戏剧含义是通过其舞台布景表现出来的，并与其空间框架保持一致。戏剧舞台布景所创造的空间是"人类活动的潜在场所"。② 剧作家运用设计元素和装饰来构建某一空间的社会指示对象，通过控制某一空间的布置、形状以及构成元素的形式，生产出该空间"实用和象征的功能"。③ 在《莱尼大妈的黑臀舞》中，威尔逊充分利用了同一舞台上不同舞台道具的并置凸显其社会空间的表征作用。他将录音棚作为呈现白人剥削和种族歧视的空间。这个密闭的空间看似远离外界社会生活，但事实上却是 20 世纪 20 年代美国社会空间的再现，是富含具体符号、规则、知识和思想意识的想象空间。"（戏剧空间）不仅仅模仿了具体的社会地点，而且也代表了某一社会阶层占据的社会空间的重要特征。"④ 该剧中的戏剧空间是美国社会等级制度的一个缩影。从舞台指令的描述可以看出剧中的三层建筑是一个垂直的结构：最顶层是由白人经理人斯德迪文特和白人经

① Booker, Margaret. 2003. *Lillian Hellman and August Wilson：Dramatizing a New American Identity.* New York：Peter Lang. p. 93.

② Fischer-Lichte, Erika. 2008. *The Transformative Power of Performance.* London：Routledge. p. 94.

③ 6. Ibid. p. 95 – 96.

④ Ubersfeld, Anne. 1999. *Reading Theatre.* Trans. Frank Collins. Toronto：University of Toronto Press. p. 104.

纪人厄文操控的控制室。中间一层是白人、黑人录制唱片的录音室。玛·雷尼和她的乐队成员在这里和经纪人厄文见面，白人警察和玛·雷尼的冲突和争执也发生在这里。最底层是地下室，也是乐手休息室，乐队成员在那里进行排练。舞台上的传声筒表明在白人雇主和黑人乐手之间存在着空间距离。毋庸赘述，这个垂直的空间布局除了在视觉上创造出强烈的反差，而且在语义上指涉了白人与黑人不平等的社会关系，美国社会种族等级关系的空间模式在舞台上下层布局的鲜明对比中表现得淋漓尽致。

　　人在空间的位置构成了空间的在场性。剧中物理空间等级与空间主体在整个社会权力关系中所处的空间位置紧密相关，三个被种族分割的空间（控制室、录音室和乐手休息室）与剧中人物的空间位置相互呼应。首先，剧中控制室位于整座建筑的最顶层。白人经理人斯德迪文特在这个空间里进行全景式空间监控：他不仅可以高高在上地俯视录音室里发生的一切，而且可以通过传声筒监听到录音室里的所有对话。控制室之下是录音室，是黑白对峙表现最为突出的空间。在这里，玛·雷尼和白人警察产生争执，和白人经理人谈判，要求得到白人制片商的尊重。乐手休息室位于整座建筑最底层，这个无人问津的空间是一个被隔离的地带。在这个充满寓意的空间里，"乐手们举行传统的仪式，讲述幸存黑人的故事"，① 他们虽然可以获得短暂的言行自由，但是并不是这个空间的主导者。当白人随心所欲地进出黑人的空间领地时，黑人对这个"自由空间"暂时的控制权也就被剥夺了。白人用一条分割线将社会空间一分为二，建立了一个等级森严的社会空间，但是他们又肆意妄为地跨越

---

① Elam, Harry. 2003. "August Wilson, Doubling, Madness, and Modern African-American Drama." *Modern Drama*: *Defining the Field*. Ed. Rick Knowles et al. Toronto: University of Toronto Press. p. 34.

空间的界限。通过进入乐队休息室，白人在标榜他们是整个空间主导者的身份。不同的空间划分出空间主体的身份等级，代表着剧中人物在社会空间所占据的位置。

　　整部剧都发生在白人的领地，一切都处于白人的控制范围内，美国黑人遭受着来自白人多方面的侵略。剧中有一段乐队成员关于乐手休息室的位置从楼上移到楼下的对话。查尔斯·莱昂斯（Charles Lyons）曾用"客观性"这个词来描述"人物对周围场景、物理空间以及空间内物体的认知"。① 威尔逊笔下的美国黑人感知着他们所处的空间以及空间内的物体，并将这种"客观性"内化为他们在社会空间中自我意识的意象。剧中这段关于房间变化的谈话有其多层含义：白人的意愿造成了黑人物理空间的不稳定性。物理空间地理位置从上至下的位移暗示着社会地位差异结构的变化。作为强势群体的白人在空间位置上占据明显的优势，而作为弱势群体的美国黑人已经完全被边缘化。房间地理位置的变更是对黑人又一次空间化的控制与剥削。此外，闷热的乐队休息室让人情不自禁地联想到贩运黑人的奴隶船。地下室的狭小空间给人一种被囚禁的感觉，犹如寸步难移的奴隶船底仓里黑奴们一个挨一个的情形。事实上，在威尔逊所有作品中，美国黑人生活的物理空间都具有相同的特征：衰败萧条的社区、破烂不堪的房屋、狭小拥挤的空间、断壁残垣的景象。这些满目狼藉的场景成为美国黑人最主要的空间生存形式，对这种物理空间的感受、认识和驾驭成为社会空间的重要内容。作为《莱尼大妈的黑臀舞》的物理空间，垂直结构的录音棚就是等级化的社会空间的表征，代表着处于空间统治地位的白人的思想意识形态。其空间布局不仅暗示了不同种族的人们在这个社会经济等级

---

① Lyons, Charles R. 1987. "Character and Theatrical Space." *The Theatrical Space*. Cambridge: Cambridge University Press. p. 6.

体系中所处的位置，而且凸显了 20 世纪 20 年代社会分化和种族歧视的残酷现实。

二、剥削性的社会空间关系

社会空间不仅是地理意义上的空间，而且也是文化交流和社会交往的产物。威尔逊在《莱尼大妈的黑臀舞》中建构的社会空间既包括地点场所，也涵盖空间主体之间的社会关系。"（社会）空间包括生产的事物及其有序或无序的共存关系。"① 每个社会产生其独特的空间，不同的社会关系和秩序便在这个空间内得以重构。社会空间的生产性体现在空间生产的过程中，社会意识形态不断地被表现、保存和加固。在本剧中，录音棚的空间是在种族意识的基础上生产的，是种族空间表征。舞台内的人物对于展示 20 世纪 20 年代美国社会的空间关系至关重要。黑白人物间剑拔弩张的社会关系凸显了弥漫在这个空间里的白人主流意识形态以及黑白群体对空间控制权的争夺。

威尔逊通过三位白人人物的种族意识和言语行为构建了《莱尼大妈的黑臀舞》中剥削性的社会空间表征。他们的话语是发挥社会功能的话语，代表了主流社会的观念和意识形态。作为种族歧视社会空间的生产者，他们的一言一行与空间表征相得益彰。白人经纪人厄文"以了解黑人和深谙与黑人相处之道为豪"。② 白人经理人斯德迪文特则"一心想要挣钱"，"对黑人乐手毫不关心并刻意地与他们保持距离"。③ 他经常向厄文抱怨他无法容忍玛·雷尼"高高在上

① Lefebvre，Henry. 1991. *The Production of Space*. Trans. Donald Nicholson-Smith. Oxford：Blackwell Publishing Ltd. p. 73.

② Wilson，August. 1985. *Ma Rainey's Black Bottom*. New York：Plume. p. 17.

③ Ibid.

的、布鲁斯女王的架势"，还要求厄文"收拾收拾玛·雷尼"。① 当玛·雷尼难以忍受混乱的排练安排，打算拂袖而去时，他用恐吓言语威胁她："你要是敢就这么走了……"② 以上种种事实表明斯德迪文特是个彻头彻尾的资本家，他剥削、压榨黑人音乐家，尽可能将其个人利益最大化。第三个出场的白人警察进一步证实了剥削性的种族社会关系。这位白人警察拒绝相信玛·雷尼拥有自己的汽车，并指控她在一场因为白人出租车司机拒载黑人乘客的骚乱中殴打了白人司机。威尔逊通过白人的话语将舞台空间延展到芝加哥的街道上，城市空间的剥削性在以街道为代表的公共空间中弥漫着。剧作家有意授权另一位白人——厄文来澄清玛·雷尼的地位并打发走了白人警察。白人警察认为"只要有白人对这些黑人负责，一切就都好办了"。③ 在白人的眼里，黑人就如同不懂事的孩童，无法约束自己的言行。亨利·列斐伏尔认为："统治阶层在抽象空间形成时就对这个空间实施了控制……他们进而将这个空间转化为权力的工具。"④ 这些空间操控者们的一言一行反映着空间的表征。他们利用至高无上的权力来控制空间的主体，通过言语行为来宣布对空间的控制权和占有权。剧中白人的在场性生动体现了空间利益对白人的倾斜以及美国黑人从属的空间地位。

　　如果对于该剧中的白人人物来说，空间是剥削和压迫的工具，那么黑人人物则是禁锢在这个空间内的廉价劳动力和受害者。压抑的空间不停地提醒着他们：黑人永远低人一等、一无是处。即便是"布鲁斯女王"玛·雷尼也无法挣脱种族歧视的社会空间的羁绊。作

---

① Ibid. p. 18.

② Ibid. p. 88.

③ Ibid. p. 52.

④ Lefebvre, Henry. 1991. *The Production of Space.* Trans. Donald Nicholson-Smith. Oxford：Blackwell Publishing Ltd. p. 314.

为一名黑人艺术家，她竭尽全力保卫着自己有限的空间控制权。然而，在其富有和强势的表象下，她仍然是被剥削者和受害者。她的种种遭遇代表着20世纪20年代美国社会黑人的遭遇和苦楚。"玛·雷尼有种女王的派头，但是和所有20世纪20年代芝加哥的黑人一样，她也是个二等公民。为了凸显她作为首席女歌手的身份，她故意对白人经纪人和白人制片商提出各种要求，以此来作为补偿其薄弱无力的方式。"① 威尔逊研究专家桑德·香农（Sandra Shannon）对此持有同样的看法："尽管玛·雷尼气势逼人，看似完全掌控自己的事业，然而她十分清楚最终还是由白人来决定她事业的发展。因此，当意识到早晚自己都将被白人所抛弃的事实，她在事业上所取得的成就感就会顿时丧失殆尽。"② 除了玛·雷尼以外，剧中其他黑人也囚禁在白人掌控的空间里。乐队成员曾抱怨对于黑人来说兑现支票是件多么难的事情。"你记得上次为了兑现给我的支票……我们跑遍了整个芝加哥。白人一看到一个黑鬼带着支票，想到的第一件事就是这家伙肯定是从哪儿偷来的支票。"③ 黑人受剥削的弱势地位使他们在社会空间资源配置上占据非常被动的地位，剥削性的社会关系建构了种族歧视的社会空间。

剥削性的社会空间不仅仅是由具有象征含义的舞台内地点和人物构建的，而且还与人物话语中提及的地点和场合有关。尽管整部剧都发生在北方芝加哥的一个录音棚里，但是剧中人物却多次提及南方的地点和场所。剧作家通过人物讲故事的方式，将录音棚之外

① Gaffney, Floyd. 1992. "*Ma Rainey's Black Bottom.*" *Masterpieces of African-American Literature.* Ed. Frank N. Magil. New York: HarperCollins. p. 269.
② Shannon, Sandra G. 1994. "The Ground on Which I Stand: August Wilson's Perspective on African American Women." *May All Your Fences Have Gates: Essays on the Drama of August Wilson.* Iowa City: University of Iowa Press. p. 152.
③ Wilson, August. 1985. *Ma Rainey's Black Bottom.* New York: Plume. p. 106.

的空间呈现在舞台之上。乐队成员通过不断地叙述他们早期在南方的经历，逐步在观众面前勾勒出了 20 世纪 20 年代美国社会空间的全景：李维叙述了其悲惨的童年经历，慢勃鲁斯讲述了一个黑人杀人犯的故事，科特勒述说了一个黑人牧师经历的种族仇恨和压迫的故事。其他关于南方种族歧视的话语在剧中也是俯拾皆是。这些故事均发生在舞台外空间，但是却覆盖了剧中所有的重要信息：种族歧视、种族隔离和种族迫害。舞台外空间与舞台内空间交相呼应，反映了当时的社会空间关系。这些故事交织在一起构建了 20 世纪 20 年代美国社会空间，剥削性的社会空间关系成为黑白群体社会地位差异结构的缩影。

三、迥然不同的空间实践

等级化和剥削性社会空间的围攻阻碍了美国黑人对所处空间的认知图绘，造成了种族内部的分裂与冲突。在《莱尼大妈的黑臀舞》中，种族内部矛盾集中体现在美国新旧音乐支持者之间的矛盾。作为美国黑人文化一部分，美国黑人音乐在 20 世纪 20 年代正处于十字形的交叉点。威尔逊在剧中描述了布鲁斯之母玛·雷尼和新兴爵士乐倡导者李维之间的戏剧冲突和空间争夺，两者之间的矛盾反映了美国黑人不同的空间探索。剧作家通过戏剧物体和人物话语展现了置身于异化的社会空间里的美国黑人音乐家不同的空间实践。

社会空间是人类活动的产物，包括"空间主体的社会行为"。[①]该剧中的录音棚不仅仅是美国黑人的工作场所，也是他们个人行为以及社会实践的产物。等级化的社会空间决定了社会关系以及生活在其内部美国黑人的心理世界。威尔逊运用一系列的戏剧物体将美

---

① Lefebvre, Henry. 1991. *The Production of Space.* Trans. Donald Nicholson-Smith. Oxford：Blackwell Publishing Ltd. p. 38.

国黑人音乐家的空间实践符号化。在剧中，每位黑人音乐家所弹奏的乐器代表其空间选择，反映了他们不同的空间实践策略。作为戏剧物体，这些乐器具备双重功能：它们既是实用性物体，在乐队排练演奏中扮演着不可或缺的角色，又是象征性物体，"表现为某一现实的（心理的或社会文化的）换喻或隐喻"，[1] 与剧中人物的空间实践互为表征。

不同的乐器代表着黑人乐手不同的空间探索。队长科特勒的长号和吉他象征着他对非洲传统文化坚定不移的态度，他从布鲁斯音乐中获取力量并致力于保护传统文化。贝斯手慢勃鲁斯在整部剧中一直保持冷静的头脑，从不受外部空间变化的影响。特雷多的钢琴代表着他对传承非洲文化传统的关注。他认为非裔美国人的根源与钢琴经典怀旧的特点相辅相成。他无法忍受李维华而不实和自命不凡的举止，也无法接受年轻一代美国黑人的生活哲学。李维极富辉煌感的小号是他与传统布鲁斯音乐的形式和内容相割裂的空间实践表现。就像是小号强烈、明亮的声音一样，李维"尖锐刺耳的声音""肆意张扬的作风""飞扬跋扈的个性"[2] 都和小号的特点一致。作为戏剧物体，这些乐器和社会空间的表征相辅相成，不仅代表了四位人物的个性，而且折射出他们迥异的空间实践。科特勒、慢勃鲁斯和特雷多捍卫并继承了传统的非洲文化——布鲁斯音乐，他们是玛·雷尼的支持者。然而，李维就像其演奏的乐器小号一样，否定并诋毁布鲁斯的价值，执意要创建迎合白人品味的新型音乐。李维错误的空间选择决定了他最终的命运：等级化和剥削性的社会空间造成了他的自我迷失和主体意识的丧失。白人的空间根本无法真正

[1] Ubersfeld, Anne. 1999. *Reading Theatre*. Trans. Frank Collins. Toronto：University of Toronto Press. p. 122.

[2] Wilson, August. 1985. *Ma Rainey's Black Bottom*. New York：Plume. p. 23.

接纳肤色不同的音乐家，被他背离抛弃的黑人社区也无法原谅他的离经叛道。剧中乐手们的唇枪舌剑和偶尔不和谐的演奏交织在一起，真实再现了该社会空间内白人的种族歧视和黑人的内在弱点形成的进退两难的窘境。

　　和乐器一样，鞋子是剧中另一重要戏剧物体，充分表现出黑人音乐家们不同的空间选择。李维新买的富乐绅鞋是一个富有寓意的戏剧物体。李维一出场，威尔逊就在舞台指令中着重渲染了他油光锃亮的新鞋："门开了，李维带着他的新鞋进来了。""李维把鞋从鞋盒里拿出来，然后穿上。"① 李维的新鞋象征着他致力于挤入白人空间，重构自我身份的渴望。他将黑人传统和南方往事像扔掉旧鞋一样统统抛弃，义无反顾地选择拥抱北方的现代生活。与李维的新鞋相对的是特雷多脚上笨重的农靴，这双农靴代表着特雷多坚持植根于南方的态度。他是捍卫南方传统文化的美国黑人的代言人。鞋子作为戏剧物体，不仅代表着黑人群体不同的文化观念和对黑人传统的不同反应，也最终引发了种族内部斗争。在剧末，特雷多不小心踩到了李维的新鞋，这微不足道的事情成为李维愤怒的焦点。他将郁积在内心的怒火和挫败都发泄在同伴的身上，用匕首捅死了特雷多。特雷多成了李维愤怒的牺牲品。李维的暴力行为是收缩空间所产生愤恨的极端表现。他的空间收缩是将自己和其他黑人群体相分离，他的空间扩张是将自己依附于白人阶级，其空间实践的后果是最终无家可归的结局。等级化和剥削性的社会空间助长了李维挫折的情绪，进而造成了其病态暴力行为的形成。该剧中乐队成员对鞋子的争辩暴露出美国黑人的尴尬境地——两种不同价值观下分裂的社区。在威尔逊的空间书写中，戏剧物体代表着剧中人物迥然不同的空间实践，在符号领域和象征领域中不断协调，产生空间，成

---

① Ibid.

为剧作家戏剧创作中喻指系统中的重要部分。

　　李维和所有想要融入美国主流社会的黑人一样，诋毁并嘲讽传统布鲁斯，坚信自己能够通过新的音乐实现空间扩张。他批判玛·雷尼音乐时犀利、尖刻的话语清楚地表明他已彻底斩断与玛·雷尼以及南方文化之间的关系。通过和斯德迪文特联手，他逐渐脱离了乐队。但是他越是依附于白人的势力想要进入白人的空间，就越远离非洲文化和黑人社区。他拒绝接受传统黑人价值观就是对祖先的传统和对南方文化的背叛。玛·雷尼和李维之间的分歧根源于对南方传统价值观的不同态度。他们之间的矛盾是传统的布鲁斯与变革的布鲁斯之间的斗争，是南方农村与北方都市之间的抗衡，是美好回忆、田园生活、安贫乐道与碌碌无为、富豪统治、放辟淫侈之间的较量。"玛拒绝新版本的曲子，捍卫传统的布鲁斯，这场传统布鲁斯与爵士乐之间的斗争表明了正在衰败和正在兴起的文化之间的冲突。"①《莱尼大妈的黑臀舞》中黑人们迥然不同的空间探索代表着20世纪20年代美国黑人社区的分裂：黑人中产阶级为了在种族歧视的社会空间内占有一席之地选择了白人的价值体系；以莱尼大妈为首的黑人们执着坚守和捍卫着根植于非洲的传统黑人价值观。

　　人类在空间中体验着社会、历史、文化等诸多方面的意义与价值，空间体验以及由此所产生的空间意识对文学创作产生了巨大的影响。在《莱尼大妈的黑臀舞》中，威尔逊通过在舞台上呈现等级化的空间分布和剥削性的社会空间关系对美国黑人的空间实践所产生的影响，揭露了白人的霸权政治和种族差别对待，展现了美国黑人内部对非洲文化和遗产的不同态度，再现了20世纪20年代的美国社会空间。这部剧是美国黑人生活空间的真实写照：他们在种族

---

① McDonough, Carla J. 1997. *Staging Masculinity. Male Identity in Contemporary American Drama.* Jefferson NC: McFarland. p. 144.

歧视的城市空间里过着风雨飘零、居无定所的生活。在北方工业化的城市空间里，有才华的美国黑人音乐家不断受到剥削。他们拿着微薄的工资，忍受着白人剥夺他们的音乐成果。爱德华·阿尔比（Edward Albee）认为戏剧的社会功能在于"谴责自满、残忍、柔弱、空虚，戳穿了貌似完美世界的谎言"。[①]《莱尼大妈的黑臀舞》就是这样一部具有社会功效的戏剧，它重现了黑白对峙的社会空间格局是如何造成种族内部的裂化和冲突。面对这样一个残酷的社会空间，威尔逊的解决方案是：只有像莱尼大妈那样继承并弘扬黑人的传统文化，美国黑人才能冲破种族歧视的空间樊笼，获得自我的生存空间并最终实现身份重构。

①　Albee，Edward. 1961. Preface. *The American Dream and The Zoo Story*. New York：Signet. p. 53 − 54.

第二章 无法治愈的伤痛

——《篱笆》的心理空间建构策略

奥古斯特·威尔逊创作的《匹兹堡系列剧》将非裔美国人的历史空间化，充分体现了族裔关怀的主题。创作于 1983 年的《篱笆》（*Fences*，1983）是《匹兹堡系列剧》中荣膺最多殊荣的剧目，充分证明了威尔逊具备"将一个简单人物演绎得如此宏伟壮丽的能力"。[①]《匹兹堡系列剧》中大多数剧作都以塑造非裔美国人群体形象为主，鲜有个性鲜明的个体形象。而《篱笆》有别于其他作品，剧作家塑造了特洛伊这一多种身份融为一体的典型非裔美国人物形象：乖张易怒的儿子，梦想破灭的棒球手，地位卑贱的清洁工人，坚毅冷峻的父亲，背叛情感的丈夫。在一个对非裔美国人充满敌意的世界里，他竭尽全力试图保护自己和家人。威尔逊"对该剧的戏剧空间符号进行了精心的安排，揭示了其空间主体艰难的生活境遇"，[②] 成功阐释了以特洛伊为代表的非裔美国人的心理空间。特洛

---

① Shannon, Sandra G. 1995. *The Dramatic Vision of August Wilson.* Washington, D. C.：Howard University Press. p. 90.

② Roudané, Matthew. 2007. "Safe at Home：August Wilson's *Fences.* " *The Cambridge Companion to August Wilson.* Ed. Christopher Bigsby. Cambridge：Cambridge University Press. p. 198.

伊对所处社会环境的认知是 20 世纪 50 年代后期处在"他者空间"的非裔美国人异化的心理空间表征。

心理空间是人类的内心世界，与心理和空间的概念领域相关。西格蒙德·弗洛伊德（Sigmund Freud）在人格理论中提出人的情绪、意志和人格是受其社会和文化环境影响的。① 亨利·列斐伏尔在论述社会环境与主体心理之间的关系时表明：观察由于人际关系而造成的空间变化有利于探究空间主体的心理。② 法国著名符号学家于安娜·贝斯菲尔德在《戏剧符号学》（*Reading Theatre*）中阐释了戏剧空间的心理作用，认为"舞台空间可以作为一个庞大的心理空间出现，在这个空间里，个人的心理力量和他人的心理力量相互碰撞"。③ 她进一步指出舞台空间能够作为"主要人物内在（本我、自我和超我）冲突的场所"。④ 本章在上述理论的基础上，拟从舞台场景、戏剧物体、碎片化记忆和布鲁斯音乐四个方面阐析《篱笆》中心理空间的建构策略。前两者属于舞台内空间，后两者属于舞台外空间。舞台内空间（theatrical space within）是"视野范围内的舞台空间，是演员在我们眼前表演的空间"；舞台外空间（theatrical space without）则是"在实际演出中看不见的"，⑤ 是通过戏剧中演员之间的对话呈现出来的。在《篱笆》中，威尔逊通过将舞台内空间和舞台外空间并置叠加和频繁切换，构建了一个全方位、立体式

① Freud, Sigmund. 1989. *New Introductory Lectures on Psychoanalysis.* New York: W. W. Norton & Company, Inc. p. 105.

② Lefebvre, Henry. 1991. *The Production of Space.* Trans. Donald Nicholson-Smith. Oxford: Blackwell Publishing Ltd. p. 11 – 12.

③ Ubersfeld, Anne. 1999. *Reading Theatre.* Trans. Frank Collins. Toronto: University of Toronto Press. p. 105.

④ Ibid.

⑤ Scolnicov, Hanna. 1994. *Woman's Theatrical Space.* Cambridge: Cambridge University Press. p. 6.

的非裔美国人异化的心理空间。

一、舞台场景：心理空间的视觉化呈现

舞台场景是舞台内空间的主要元素之一。在《篱笆》中，剧作家建构心理空间的策略之一是将剧中人物异化的心理空间通过舞台内空间的形式展现出来。剧作家通过物理空间的位置以及戏剧发生的具体场景视觉化地呈现心理空间。

首先，作为物理空间的迈克森家的房子位于远离市中心的希尔区，其偏僻地理位置让观众们充分感知到非裔美国人已经被白人驱逐至城市的边缘。黑人聚集的希尔区与白人居住的市中心在物理空间上形成的二元对立"构成阶级意义上二元对立的空间结构"，① 体现了非裔美国人高度隔离化的生存空间环境。剧作家将物理空间的位置与非裔美国人的内心情感缔结在一起，通过对位置偏僻性的描述，以视觉图像呈现出生活在物理空间内的空间主体内心的孤独与疏离。

其次，剧中最重要的舞台内空间就是作为舞台场景的迈克森一家的房子。剧作家在戏剧开篇对这个住所进行了细致的描述：

舞台场景是一个对着迈克森家房子门口的院子，一座破旧的两层砖房坐落在大城市居民区的小巷里。房子门前的几级台阶通向油漆斑驳的木质门廊。

很明显门廊是后搭建的，和整个房屋的风格完全不符。坚固的门廊上有个平坦的房顶。一两把廉价的椅子放在厨房窗户下面。门廊的另一端是一台老式冰柜。② 剧作家在舞台指令中对迈克森一家

---

① 周维贵、赵莉华：《〈芒果街上的小屋〉的空间表征与身份建构》，载《当代外国文学》，2016 年第 3 期，第 37 – 43 页。

② Wilson, August. 1996. *Fences*. New York：Plume. p. 1.

房子的认知描写生动展现了都市非裔美国人的主要物理空间特征：破旧不堪的院子、尚未完成的篱笆、亟待修整的砖房、一文不值的椅子等。对于很多人来说，房子是家的近义词："家意味着居住在一个安全的地方，在空间中具有方向感。"① 然而，《篱笆》中的家打破了人们对于"家"固有的认知模式和映射联系。该剧开篇的舞台场景传递了剧中人物对话里并没有负载的信息，反映了迈克森一家捉襟见肘的生活状况。在人物未出现之前，物理空间就已经将一个生活在黑人聚集区、穷困潦倒的非裔美国家庭的生活空间呈现在观众面前。

作为物理空间，剧中的舞台场景提供了一个强大的、立体的记忆之所。这一舞台场景一方面能够激发非裔美国人对 20 世纪 50 年代黯淡生活的回忆，另一方面亦是非裔美国人穷困潦倒、毫无尊严的生活的象征。此外，该剧的物理空间和心理空间相互映射。文中具体物理场景中的客体被赋予了丰富的主观化内涵。舞台内空间一系列视觉意象对非裔美国人的族裔身份、性格特征和情感心理一一进行投射。社会心理学家 S. K. 诺塔瓦 - 波查瓦（S. K. Nartova-Bochaver）认为心理空间是"物理、社会和心理现象的综合体"。② "物理和心理的方式决定了心理空间的边界。"③ 列斐伏尔也认为"疏离将物质上的贫穷转变成为了精神上的贫穷"。④ 作为表征的空

① Dovey, Kimberly. 1985. "Home and Homelessness." *Human Behavior and Environment*: *Advances in Theory and Research*. Vol. 8. Ed. Altman and C. M. Werner. New York: Plenum. p. 36.

② Nartova-Bochaver, S. K. 2006. "The Concept of 'Psychological Space of the Personality' and Its Heuristic Potential." *Journal of Russian and East European Psychology*. Vol. 44, No. 5. p. 85.

③ Ibid.

④ Lefebvre, Henry. 1971. *Everyday Life in the Modern World*. Trans. Sacha Rabinovitch. New York: Harper & Row. p. 10.

间，《篱笆》的舞台场景凸显了迈克森一家人的窘境，传递了种族隔离与边缘化的信息，映射了他们失落、自卑、自我身份缺失的心理空间。具体场景使心理空间具象化，断壁残垣、满目凄凉的生活环境是生活在收缩空间里非裔美国人异化心理的主要因素。狭小局促、备感压抑的生活空间导致他们自我身份紊乱和自我心理分裂。空间的压迫造成了家庭的分崩离析，如：夫妻形如陌路、朋友反目为敌以及代际间创伤等，致使种族内部空间关系重构。无论是在社会空间，还是在家庭空间，非裔美国人都难以找到生存的空间。因此，剧中令人窒息的舞台场景有其双重功效：既呈现出非裔美国人的物理空间，又将非裔美国人疏离的心理空间视觉化。

二、戏剧物体：心理空间的图像化表征

戏剧物体是舞台内空间另一重要策略。威尔逊借助舞台上的戏剧物体将剧中非裔美国人错位的心理空间以图像化的形式展现出来。该剧中的戏剧物体主要包括主人公特洛伊在院子里修葺的篱笆、棒球球拍和破布做的棒球、装着烂水果的篮子以及加百利手中的小号。

在舞台内空间众多图像中，剧作家着力凸显篱笆这一戏剧物体，它不仅建构了主人公特洛伊异化的心理空间，也将其异化原因以图形的形式表现出来。篱笆在剧中一直出现在舞台上，象征着隔离、边缘化和无法与自我及他人沟通的状况，揭示了非裔美国人疏离的心理空间。随着剧情的发展，这一戏剧物体在图像上的变化不仅使其成为舞台内空间的焦点，而且也反映了空间主体心理世界的变化。随着篱笆修葺工作逐渐结束，剧中人物的心理空间也出现了一道道篱笆：夫妇之间的隔阂、父子之间的藩篱以及特洛伊的自我疏离。作为该剧重要的戏剧物体，篱笆的功能在于它既是非裔美国人疏离

心理空间的换喻，又指代了这种心理空间给丧失空间主体性的非裔美国人造成的心理创伤。在充满敌意和压迫的白人空间里，非裔美国人逐渐出现麻痹和畸形的心理状况。威尔逊通过多义性的戏剧物体将非裔美国人异化的心理空间以图像化的方式生动地呈现在舞台上。

棒球和球拍是该剧中另一重要戏剧物体。舞台指令表明棒球处在舞台中心位置："棒球拍斜靠在树下，树上挂着一个用破布做的棒球。"① 棒球拍以图像的形式启动了特洛伊的心理情感：曾经因为肤色被禁止参赛的经历和种族歧视的伤害给他造成了严重的心理创伤，无法适应社会变化是其社会心理记忆的外在表现形式。无论别人如何提醒他社会发生的变化，他仍然沉浸在过去的生活中，将自己封闭在一个自我构建的虚幻空间中，不愿拆除为了保护自尊和骄傲而构建的心理壁垒。特洛伊致命的弱点就是他无法忘记种族歧视给他带来的痛苦，无法面对现实和接受现实的变化。背负沉重的过去，他难以在过去和现实之间找寻到平衡点。棒球拍指涉白人的破坏性力量和特洛伊无法实现的梦想及其异化的自尊，而自制的"破布"棒球作为心理空间的图像表征，负载着种族隔离造成心理创伤的信息。剧作家运用这一对戏剧物体表明窘迫的物理空间是造成在禁锢空间内的非裔美国人异化心理的主要因素。

特洛伊弟弟加百利经常在手中提着的篮子与上述两个图形交相呼应，共同绘制了非裔美国人的心理空间。加百利在战争中不幸受伤，失去了劳动能力，终日只能靠捡拾破烂的水果为生。战争对非裔美国人不仅带来肉体上的伤痛，而且也造成了心灵上的伤害。他们如同篮子里被擦伤和破损的水果一样，被白人利用后像残羹剩饭一样遭受无情抛弃。这一戏剧物体以图像化的形式不停

---

① Wilson，August. 1996. *Fences*. New York：Plume. p. 2.

地在提示读者和观众非裔美国人难以治愈的心理创伤及其存在的根源。

剧中另一戏剧物体——小号却与上述图像含义不同，它是剧作家为伤痕累累的非裔美国人重构心理空间提出的解决方案。在剧尾，加百利在特洛伊的葬礼上吹起了小号，试图为其打开天堂之门。然而，无论加百利如何用力，小号却毫无声音。这时，加百利突然跳起非洲的传统舞蹈，唱起非洲的祭祀歌曲，天堂的大门随之打开。没有发出任何声音的小号暗示着加百利是无法依靠这种方式将特洛伊送入天堂的，非裔美国人只有回归非洲传统文化才能弥合心灵上的创伤，拆除心理上的藩篱。威尔逊利用小号这个代表非裔美国人自我意识觉醒的图形有效衬托了非洲传统文化对非裔美国人心理空间建构的重要性。

三、碎片化记忆：心理空间的隐喻化重现

在《篱笆》中，舞台内空间是非裔美国人心理空间的视觉呈现和图像表征，而舞台外空间则是舞台内空间的延伸和拓展，制约和操控着舞台内空间人物的心理空间。剧作家通过作品中主人公特洛伊碎片化记忆，隐喻化地重现了非裔美国人的心理空间。

碎片化记忆是剧作家构建心理空间的策略之一。剧中特洛伊的回忆包括两种类型：一种是以真实发生情景为依托的回忆，而另一种则来源于主人公的构想事件。其碎片性体现在特洛伊穿插式的叙事话语，他时而和剧中其他人物讨论当前发生的事件，时而跨越时空，追述记忆中的事件。这些时空错置的回忆以戏剧话语的形式出现，虽然不是戏剧场景中的一部分，但却包括所有必要的指涉，指向与种族记忆相关联的舞台外空间：大迁移、南方生活、棒球经历、越战等等。这些记忆事件虽然各不相同，但却因为对非裔美国人造

成同样的心理创伤而被剧作家以隐喻的方式呈现在舞台上，成为建构心理空间的有效策略。

特洛伊对大迁移断断续续的回忆是空间转移造成其心理疏离和身份缺失的隐喻。作为众多错位的南方移民中的一员，他努力在北方找寻生存空间，希望能在匹兹堡希尔区获得更好的生活。然而空间转移并未改变他的生活状态。当他最终到达北方时，像众多非裔美国移民一样，他失望地发现这里并不是梦想中的土地。正如他在回忆中所述："到了这里却发现我不仅找不到工作……而且还无家可归。我以为我自由了，但是却只能生活在桥下用木棍和沥青搭建的简陋的窝棚里。"① 特洛伊的空间迁移就是从一个令人窒息的空间转移到另一个被剥削的空间。当到达北方时，他发现自己仍然是种族歧视的受害者。空间迁移给他带来了巨大的心理冲击，梦想中的土地和现实生活的巨大反差令他感到无比沮丧和失望，自尊心和尊严感受到重创。惨淡的物理空间诱导特洛伊不断对过去的时间和事件进行投射，记忆中的事件与其正在经历的事件存在着同一性，因此他之前的心理体验与当下的心理体验发生相互映射，产生认同性，从而加深其异化心理的体验。

特洛伊的碎片化记忆还来源于他的棒球经历：他在监狱里学会了打棒球，精湛的球技让他第一次找到了生活的方向和生存的意义。出狱之后，他在黑人棒球队打球，但是由于肤色的原因，他无缘高级别的比赛。特洛伊期望凭借自己的天赋融入白人主流社会。被拒绝加入职业棒球运动联盟无异于事业梦想的破灭。作为一名出色的棒球手，他发现在机会平等的这片土地上，机会对于非裔美国人来说并不平等。特洛伊的舞台外经历影响并控制着他在舞台上的空间实践。他曾经是叱咤风云的优秀棒球手，而现在只是一个 56 岁的垃

---

① Ibid. p. 54.

圾清运工。无论他怎么卖命工作，他的家人还是拮据地生活着。他将这一切都归因于种族歧视和种族隔离，因此他制止儿子参加橄榄球训练，摧毁了儿子的体育梦想，造成了父子间无法修复的裂痕。尽管真正的棒球场地从未出现在舞台上，但有关棒球的回忆却反复出现在特洛伊的话语中。每当谈及生活中的重要事件时，他总是用棒球术语来描述自己的经历，将后院变成了一个想象中的棒球场。无论是当他向博纳吹嘘自己和死神之间的搏斗，还是向萝丝描述他和艾尔波塔之间的关系时，他都一再地使用棒球术语：快球、弧线球、全垒打等等。"语言是特洛伊自我防御的盔甲，是他最有效的防御武器。"① 威尔逊运用棒球术语将特洛伊沉浸在虚拟棒球空间的困境隐喻化，同时也构建了非裔美国人的心理空间话语体系。这些有关棒球经历的话语看似随机出现在剧中人物对话中，但实为剧作家有意的安排。威尔逊利用棒球回忆作为特洛伊在舞台上宣泄内心苦闷情感的表现方式。棒球经历指向舞台外空间，既是剧中人物和美国社会之间障碍的隐喻，又是剧作家呈现特洛伊心理危机和心理创伤的重要手段。

当现实空间无法满足空间主体的需求时，空间主体的心理平衡就会被打破，潜藏的记忆也会随之出现在脑海中。特洛伊另一部分碎片化的记忆是以其主观构想的事件为主线，形成了虚拟的叙事语篇。他将现实世界和虚拟世界混为一谈，无法辨认记忆中的现实空间和愿望空间。而剧中其他空间主体经常对特洛伊回忆中信息的真实性表示质疑，从而形成主人公与其他人物之间的分歧和隔阂。当这种分离性愈来愈明显时，特洛伊本身对现实空间和虚拟空间的认知距离也越来越大，进而加剧其心理上的自我分裂。

---

① Shannon，Sandra G. 1995. *The Dramatic Vision of August Wilson.* Washington，D. C.：Howard University Press. p. 104.

在《篱笆》中，记忆的场景和事件从未在舞台上出现，而是通过剧中人物零零碎碎的回忆呈现出来的，是戏剧言语构建的产物。虽然观众看不到这些事件，但是他们能够通过舞台上人物的对话向过去的时间域和空间域投射，能够成功地将这些碎片状的记忆空间连接在一起构成完整的知识状态。威尔逊有意将种族记忆以舞台外空间的形式呈现出来，旨在以可感知的具体方式呈现历史，唤起非裔美国人对刻意回避和遗忘的历史的记忆。

四、布鲁斯音乐：心理空间的诗意化表达

在该剧中，威尔逊运用布鲁斯音乐这种诗化的表达方式作为特洛伊自我情感表达和宣泄的方式，不仅柔化了戏剧所传达的沉重种族歧视主题，而且再现了非裔美国人艰难的迁移经历和都市空间体验，见证了空间主体与空间之间的互动。

在《篱笆》中，布鲁斯音乐是剧作家成功诠释特洛伊错置、失落的心理空间的重要策略之一。在整部剧中，特洛伊一共四次哼唱了两首布鲁斯。每当处在进退两难的境地或者心情低落的时候，他就会在布鲁斯中找寻到安慰。这些布鲁斯音乐传递了他在北方经受的错位的痛苦：贫穷、苦难、伤心和苦楚，是心理空间的诗化表现形式。

特洛伊经常哼唱的"dog Blue"表达了他疏离和失落的情感，这首布鲁斯犹如"一个调解的场域，矛盾会在文化理解的基础上得到化解"。① 特洛伊试图逃离他父亲所控制的世界，他拒绝哼唱父亲的布鲁斯，认为父亲一直在阻挠他发现真我。然而他却发现自己根本无法摆脱父亲的影响，无法忘却父亲的布鲁斯，就像是他在剧中所

---

① Baker，Houston A. 1987. *Blues*，*Ideology and Afro-American Literature*. Chicago：University of Chicago Press. p. 17.

说："那是我父亲的歌，我父亲创作的歌。"① 每当他的情绪处于低谷或感到无所依托时，就会情不自禁地唱起这首"dog Blue"，这是他"回应整个彻底抛弃他的世界的一种方式"。② 在第二幕第四场，当意识到众叛亲离时，他苦涩地说："我进来了，但其他的人却都走了。"③ 这种空间领地性的丧失威胁到了他的身份认同感，他的价值归属感丧失殆尽。这时他唱起了父亲的"dog Blue"，这首布鲁斯曲子映射了特洛伊沮丧的心情，营造了凄凉的氛围，塑造了诗意化忧伤的意境，体现了情景、画面相融合的艺术效果。

另一首布鲁斯音乐出现在第二幕第三场，当特洛伊把他的私生女带回家里时，他顿时意识到这尴尬的场面以及可能出现的结果，于是他唱起了布鲁斯：

司机先生请让我上车吧，

司机先生请让我上车吧，

我没有车票，请让我上车吧。④

音乐中带有明显的暗喻，特洛伊借用这首歌来暗示自己承认犯下的错误，他意识到给家庭带来的毁灭性的后果，恳请妻子的原谅。同时，这首歌具有浓郁的主观抒情性，特洛伊压抑的情感借助歌曲获得了释放。布鲁斯音乐缓解了他的孤独感，给他带来了片刻心灵上的慰藉。身处疏离、压抑的空间里，遭受重创的非裔美国人急需找寻发泄的途径。布鲁斯音乐不仅成为他们在封闭空间里释放情绪的最终方式，也成为读者和观众窥探非裔美国人丰富内心世界的有效途径。

---

① Wilson，August. 1996. *Fences*. New York：Plume. p. 44.

② Shannon，Sandra G. 1995. *The Dramatic Vision of August Wilson*. Washington，D. C. : Howard University Press. p. 102.

③ Wilson，August. 1996. *Fences*. New York：Plume. p. 81.

④ Ibid. p. 79.

此外，威尔逊在剧作中还采用音乐的艺术形式帮助非裔美国人实现情感上的缔结，展示了布鲁斯音乐对非裔美国人强大的治愈力。例如，在最后一幕，当特洛伊的二儿子考锐和同父异母的妹妹不约而同地哼唱起父亲的"dog Blue"时，舞台上顿时弥漫着温馨、协调和包容的氛围。考锐不仅原谅了父亲曾经犯下的错误，而且也和妹妹并肩传承了非裔美国人的传统文化。布鲁斯音乐推动了剧中人物情感的发展，也有效地将非洲精神和文化根源连接在一起。"布鲁斯是中心，是我们的音乐，它容纳我们的灵魂、我们的想法以及我们对这个世界的回应。我们需要它来体现我们的非洲性。我们会因为它成为一个更加强大的民族。"[1] 生活在北方都市的环境中，被边缘化的非裔美国人感到生活的错位，他们需要在北方找到真正属于自己的空间。布鲁斯为他们提供了非洲的根源和文化的根基，为他们克服恶劣经济和文化环境提供了力量。它像是一座桥梁，帮助非裔美国人在历史的长河中找寻到真正的自我。通过布鲁斯音乐，威尔逊在剧中达到了内心外化的效果，完成了对个体心理空间的探索，实现了对非裔美国人群体心理空间的建构。

威尔逊在《篱笆》中运用了舞台场景、戏剧物体、碎片化记忆和布鲁斯音乐等多种空间建构手法，有效地将空间隔离和情感疏离表现出来，体现了族裔作家对戏剧空间建构的独特性。剧作家将心理空间与物理空间相匹配，表现了穷困潦倒的非裔美国人对物理空间里的负面力量毫无招架之力的困境。他们既不能逃离残酷的空间，又无法改变现有的恶劣生存环境。物理空间的局限性决定了他们对社会环境的态度，家庭成员间的相互虐待和各种犯罪行为导致了非

① Savran, David. 2006. "August Wilson." *Conversations with August Wilson*. Ed. Jackson R. Bryer and Mary C. Hartig. Jackson: University of Mississippi Press. p. 37.

裔美国人心灵上无法愈合的伤痛。威尔逊通过舞台内、外空间的频繁切换实现了现实空间和记忆空间的自如转换，构建了非裔美国人伤痕累累的心理空间。他在剧中构建的心理空间是非裔美国人挫败的希望、受伤的尊严和社会疏离的具体表现，体现了剧作家对处在压迫之下的民族的关注和思考。

第三章　彷徨与探索

——《篱笆》中多重空间禁锢下的自我身份建构之旅

　　《篱笆》作为《匹兹堡系列剧》的代表作之一，受到了国内外学者的广泛关注。国外学者分别从历史背景及社会意义、①② 作品中的人物塑造，③④ 以及作品中的布鲁斯音乐⑤等角度对该剧进行了分析与研究。国内学者主要从女性主义视角⑥⑦以及创伤视角⑧⑨对该

---

①　Pereira，K. 1991. *The Search for Identity in the Plays of August Wilson：An Exploration of the themes of Separation，Migration，and Reunion* . Florida：Florida University School of Theater.

②　Koprince，S. 2006. Baseball as History and Myth in August Wilson's Fences. *African A-merican Review*，（40）. p. 349 – 358.

③　Weales，G. 1987. Review of Fences. *Commonweal* CXIV. 10 ：320 – 321.

④　Wessling，J. 2006. Wilson's Fences. *Contemporary Literature Criticism*. p. 123 – 127.

⑤　Plum，J. 1993. Blues，History，and the Dramaturgy of August Wilson. *African Ameri-can Review* （27）. p. 561 – 567.

⑥　黄坚、杨亮亮：《奥古斯特·威尔逊戏剧中的母亲形象解读》，载《戏剧之家》，2014 年第 3 期，第 67 – 69 页。

⑦　陈洪江：《奥古斯特·威尔逊戏剧的黑人女性观研究》，载《四川戏剧》，2014 年第 2 期，第 87 – 89 页。

⑧　李燕：《创伤·生存·救赎——奥古斯特·威尔逊戏剧作品研究》，苏州大学 2012 年硕士论文。

⑨　王晶：《奥古斯特·威尔逊戏剧中黑人创伤的文化建构》，上海外国语大学 2012 年硕士论文。

剧进行了深度解读。这些研究为读者从不同角度全面理解这部作品
提供了很好的解读范式。空间性在《篱笆》中起到了不可忽视的作
用。本章运用列斐伏尔在其著作《空间的生产》中提出的物理空间、
社会空间以及精神空间等概念，解读《篱笆》一剧中主要人物的身
份构建，探究物理空间对非裔美国人追求和传承自我身份所起到的
重要作用与意义，剖析在白人为主导的社会空间里，非裔美国人对
构建自我身份的探索与彷徨。

一、物理空间——自我身份的追求与传承

文学作品中的物理空间指的是外界客观存在的物质景观以及人
们生存的外在环境，也就是列斐伏尔所说的感知的、物质的空间。①
《篱笆》中的物理空间在展现其客观环境的同时还承载着更深刻的内
在含意，其剧名就足以揭示出篱笆这个物理景观在该剧中的重要地
位：它维护的不仅是代表了女主人公萝丝（Rose）自我身份的私人
空间，而且体现特洛伊·迈克森（Troy Maxson）一家存在价值的生
存空间。篱笆作为剧中重要的物质景观对整个作品的情节发展起到
了绝妙的承接和推动作用。在萝丝看来，篱笆是保持家庭完整，稳
固生存空间的外在护栏。然而，对于特洛伊来说，篱笆则成了对自
我私人空间的监管，对追求精神自由的束缚。

《篱笆》一开始就设定了特洛伊一家人的生存空间场所："前院
是一个又小又脏的院子，只有一部分是修建了篱笆的，旁边堆放着
锯木架与木材……篱笆对着的一棵树上悬挂着一个用破布做成的
球……房子的右侧放着两个油鼓改造的垃圾桶。"② 这个又小又脏的

---

① Lefebvre, H. 1991. *The Production of Space.* Massachusetts: Basil Blackwell Ltd. p. 39.

② Wilson, August. 1986. *Fences.* New York: Plume. p. 1.

院子被残破不全的篱笆所环绕着，旁边摆放着修葺篱笆用的工具。萝丝便是这个空间场所的女主人，每天除了负责照顾这个外观简陋的家，还要照顾劳累的丈夫、上学的小儿子考锐，关心丈夫与前妻的儿子莱昂斯以及在二战中脑部受伤的小叔子加百利。萝丝总是尽自己最大的努力让家庭变得和谐完整。当丈夫与两个儿子产生矛盾时，她总是以恰当的言语一边守护孩子们的意愿，一边规劝性格固执暴躁的丈夫。拥有一个完整、独立的生活空间是萝丝努力的目标。对于萝丝而言，构建独立空间最好的办法便是修复好前院的篱笆。当觉察到自己的精神依靠不再稳固时，她并没有去质问特洛伊，而是要求他去修补院里的篱笆。萝丝这么做的原因在情节发展中不断明朗化。第二幕剧开始时，萝丝一边哼唱着曲子，一边做家务，特洛伊则准备喝咖啡。看似温馨幸福的画面却不能掩盖家庭危机的存在，曲子的歌词早已暴露了萝丝内心对安全感缺失的惶恐与哀怨："天父啊，在我周围建起篱笆，在我的人生旅途中保佑着我……"①萝丝的灵魂守护者是万能的上帝，而现实中的守护神则无疑是丈夫特洛伊，她让特洛伊修建篱笆是期望他能够像上帝守护她一样守护这个家庭。篱笆在萝丝眼里早已不是简单的物理景观，而是她为守护家庭而建的护栏，是她确立自我空间的方式，也是象征其女主人身份的私人空间。然而，萝丝为家庭做的努力并未被丈夫理解，反倒是由特洛伊的好友博纳（Bono）指了出来："有些人建造篱笆是为了防备别人，有的人建造篱笆是为了让别人进入，萝丝是为了留住你，她爱你。"②

　　现实与理想相悖，萝丝浓烈的爱在特洛伊眼里则像篱笆一样成为对其私人空间的束缚。当他从公司劳累一天回来时，却又要为家

---

① Ibid. p. 21.
② Ibid. p. 62.

庭的衣食住行而烦扰，在家里虽然有体贴的妻子照顾，但他却把这种关心当成一种责任的压力。对于特洛伊，修建篱笆只是对自我放松时间的压榨和对体力的耗损，而篱笆的修复就如同是对特洛伊出轨行为的监禁惩罚。因此，每当萝丝建议他快点修建篱笆时，他总是以各种理由推迟，甚至和博纳打赌，如果博纳为妻子鲁塞尔（Lucille）购买冰箱的话，他就为萝丝修建篱笆。最终，当特洛伊的出轨丑闻曝光，妻子对他孤立后，他才修建了篱笆。然而，篱笆已经不再是束缚，而是他对家庭关系的救赎与修复。虽然最开始修建篱笆对特洛伊来说只是徒添负担，但不可否认的是他也从心里将篱笆视为自我生存的私人空间。当他与儿子考锐吵架，考锐扬言要离家出走并提出还会回来取东西时，特洛伊告诉儿子："你的东西会出现在篱笆外面的。"① 这实际是特洛伊在对儿子进行私人空间上的驱逐。

除了篱笆，该剧中另一个不得不提及的物理景观便是特洛伊一家的前院，剧中重要的人物关系几乎都是通过前院这个空间场所得以展现。前院不仅是父子矛盾激化的重要空间场所，也是见证美国黑人文化身份代代传承的神圣空间。从前院这个物理空间的布置可以牵引出这个黑人家庭的历史过往，从而揭示出黑人自我文化身份的传承轨迹。院子里的一棵树上悬挂着一个破布做成的棒球和一个球棒。棒球曾是特洛伊年轻时最大的骄傲，现在却演变为他人生中最大的痛楚。虽然年轻时他拥有绝佳的球技，但却因种族歧视被隔离在球队之外，最终沦落成为一名底层的垃圾装卸工。正是自己的亲身经历让特洛伊体会到了非裔美国人的生存现状和社会身份地位。当小儿子考锐遗传了他的运动天赋并一心要加入学校足球队的时候，特洛伊不留余地地扼杀了考锐的足球梦，并自作主张地回绝了学校

---

① 　Ibid. p. 90.

的家访电话。父子之间的矛盾不断激化，而真正的爆发则是特洛伊在院子里向萝丝坦白他的情人已怀有他的孩子。当看到母亲痛苦的表情，考锐对父亲的敬畏彻底消失，心中的愤懑让他第一次对父亲动了手，好在萝丝及时劝阻才避免了一场父子战争。然而这只是父子正面冲突的第一回合，前院俨然成为父子争夺空间主导权的竞技场。

　　在前院这个竞技空间场所，父子间的矛盾冲突不自觉地演变为文化身份的传承。虽然父子间矛盾重重并不断激化，但也顺成地揭示出处在白人空间挤压下的都市非裔美国人，在探寻文化身份的同时也在不断复写过去。第一次正面冲突后，特洛伊坐在门口哼唱着父亲编造的布鲁斯歌曲。考锐进入院子并打算从父亲身边迈过，这一行为彻底激怒了特洛伊。父子二人由争吵逐渐激化为拳脚相向，院子里失去了往日的和谐与宁静。经过一场激烈的争斗，考锐被父亲赶出了院子，并在愤懑中选择离家出走。考锐认为自己和父亲没有任何交集，他要靠自己找回个人身份，而且决定永远不会原谅父亲。不过事实却表明他的身份早已烙下了父亲的印迹。特洛伊年少时也是经受着父亲的苛刻对待，并在与父亲的一次正面冲突后离家出走。考锐完全就是在复写父亲的过去，只不过考锐经过自己的努力获得了海军军官的身份地位，正如母亲萝丝指出的那样："你就像他一样，你进化了他的基因。"①当父亲去世后，考锐也像父亲生前一样坐在院子里哼唱父亲最爱的布鲁斯，并在充满黑人文化特色的音乐中原谅了父亲，找回了身份的归属感。

　　物质地理景观绝不能被理所当然地认为是用身体感受生活经历

---

① Ibid. p. 98.

的地方。① 在《篱笆》一剧中，物质空间在展现客观外在环境的同时，还承载了复杂的深刻寓意。篱笆和前院既是特洛伊一家客观居住的物质空间场所，也是揭示不同家庭成员追求与传承传统文化身份的空间代码。

二、社会空间——自我身份的探索与彷徨

社会空间是列斐伏尔在《空间的生产》一书中提出的重要概念，他认为社会空间是由人与人的相互关系构成的，"空间是实践者同社会环境之间活生生的社会关系"。② 本章重点从空间的实践（spatial practice）出发，试图解读在白人文化为主导的社会空间里，以特洛伊一家为代表的非裔美国人如何通过各种社会实践来寻求自我身份认同。

处在白人社会空间边缘的非裔美国人要想在白人权力空间的排挤下得以存活，只能通过空间实践去获得自己的空间身份。特洛伊最辉煌的时期无疑是年轻时的棒球运动员阶段。当他自信地认为凭借自己优秀的球技可以获得社会身份认同的时候，现实却给了他当头一棒，肤色歧视使得他错失了加入棒球队的资格。心灰意冷的特洛伊只好去做城市里最底层的工作——垃圾装卸工，但是他并没有向命运低头，而是试图通过自己的实践来扭转白人主宰一切的权力模式。他冒着被辞退的危险，大胆地向白人领导阶级申诉为什么只有白人才能驾驶垃圾车，而黑人却只能装卸垃圾。这个举动让好友博纳为之捏了把汗，好在结果令人欣慰，特洛伊为自己争取到了开

---

① Lefebvre，H. 1991. *The Production of Space.* Massachusetts：Basil Blackwell Ltd. p. 40.
② 吴庆军：《当代空间批评评析》，载《世界文学评论》，2007 年第 2 期，第 46 - 47 页。

垃圾车的职位，在黑人同事中成了了不起的人。在这里，垃圾车早已不是简单的物理空间，而是黑人与白人之间争夺社会权力的空间。看似完满的结局却愈发揭示出非裔美国人在白人社会空间下的悲惨处境。

一个垃圾车司机的职位便让非裔美国人望而却步，特洛伊的成功难免让人们为非裔美国人的生存空间倍感担忧。特洛伊提起过他在饭馆的一段经历："一个白人家伙进来点了一碗炖菜，波普便将锅里的肉全夹给了他。他的碗里除了肉没有别的，然而后面来的黑人碗里，除了土豆和胡萝卜，别无他物。"① 从特洛伊的描述中不难发现，即使同处一室，黑人和白人也不属于同一个社会空间，而是被无形的社会权力隔离开来。非裔美国人只能游离在社会的边缘空间。即便是成功取得升职的特洛伊，也不能算是获取身份地位的典范。升职后的他仍然受到其他白人司机的排挤，每天辛勤的劳动仍然无法使他拥有自己的房子，家里那套简陋的房子还是用弟弟加百利的负伤津贴购买的。此外，他依然无法按自己的意愿实现棒球运动员的梦想。残酷的社会空间牢牢锁住了他。

如果说以特洛伊为代表的非裔美国人只能蜷缩在白人主导的权力空间下，那么加百利就属于游离于社会空间边缘之外的非裔美国人。在这种空间下，非裔美国人更无社会身份可言。然而，加百利却找到了自我的存在方式。遭受社会空间残酷排挤的加百利，是该剧中唯一拥有自我身份空间的人物。在二战中为白人的利益冲锋陷阵而导致脑部受伤的他，并没有得到应有的补偿。除了一笔被哥哥特洛伊用来购买房子的赔偿金，加百利没有得到任何来自政府和社会的人文关怀和应有的尊重。相反，处在病态中的加百利在白人空间里加倍地受到空间主导者的驱逐与戏弄。当他追赶欺负他的白人

---

① Wilson, August. 1986. *Fences*. New York: Plume. p. 23.

男孩时，却以扰乱社会秩序的罪名被拘留，最终在特洛伊的保释中才得以重获自由。

虽然加百利无法改变自己的悲惨命运，但他却智慧地营造了自己的专属空间。生活难以自理的加百利没有和哥哥一家住在一起，而是选择自己住在租借的房屋里。当萝丝看到独自居住的加百利日渐消瘦，便向特洛伊提出将加百利送去医院看护。特洛伊告诉萝丝："加百利毁掉了他自己的一生为的是争取到什么？而政府却想把他锁起来。让他自由吧！他不会打扰到任何人。"① 特洛伊理解弟弟的需求和所有非裔美国人的需求是一样的——构建一个自由的社会空间。加百利在脑部受损的情况下仍不忘寻求身份定位。处在白人的特权空间，他将自己看作是连接现实与天堂的使者加百利（Gabriel）。他在腰间挂着一把破旧的喇叭，随时准备向世人传达圣彼得打开天国之门的好消息。加百利无疑是最智慧的傻子，"即使被嘲笑精神缺陷也依然保持着自己正确的价值观念……如果说特洛伊是这部作品的中心，那么加百利便是威尔逊视野的中心，甚至可以说是作品中最耐人寻味的人物"。②

处在蕴含复杂种族关系的社会空间，以特洛伊为代表的非裔美国人只能在社会的边缘空间不断挣扎。虽然非裔美国人在白人社会空间不断奋力追寻个人身份，但最终的结果却是在被白人隔离的空间里独自彷徨，最终悲叹地感悟出真正能够获得自由身份的非裔美国人只能是以加百利为代表的游离于社会空间之外的非裔美国残疾人。

---

① Ibid. p. 66.

② Wessling, J. 2006. Wilson's *Fences. Contemporary Literature Criticism.* p. 125.

三、心理空间——自我身份的逃离与回归

列斐伏尔在其著作《空间的生产》中提到，心理空间即人物的内心世界，为空间时间想象出了各种新的意义和可能性，[①] 是人们为了逃避外在空间压力而为自己编造或构建的幻觉和精神寄托。心理空间受物理空间和社会空间的影响。《篱笆》中的特洛伊，为了逃离社会权力空间的压榨，为了挣脱家庭空间的束缚，为了寻求一个自由的身份空间，选择在出轨中排解内心的焦虑，在编造的回忆空间里找回身份自信，在布鲁斯音乐中寻求心灵的回归。

社会空间中不平等的权力分配给特洛伊的精神空间造成了巨大的影响，在不同种族、不同阶级的差别待遇中，他的价值观发生了巨大变化。小时候受到父亲的虐待，逃出后受到社会的排挤，不管他有多么优越的棒球天赋，都不能冲破社会等级空间的隔阂。在这种空间的排挤下，特洛伊发现自己无处可逃，最终接受了社会施与自己的身份——放弃理想，安下心来做一名社会最底层的垃圾装卸工。这种身份认识同时也影响了他对孩子们的教育。他阻止考锐参加足球队，"不管是修车盖房子还是别的，你必须有让别人抢不走的手艺，继续好好学着如何利用你的那双手，而不是让它去搬运垃圾"。[②] 无疑这既是特洛伊向考锐灌输的身份认同，又是他对命运不公的申述。

家，作为特洛伊享受主人身份的私人空间，不仅没能让他排解在工作和社会地位中所受的压迫，反而增加了更多的烦恼。当考锐说出父亲对家庭的付出源于内心的爱时，特洛伊却出乎意料地反驳

---

① 张利萍：《浅析〈最蓝的眼睛〉的空间叙事艺术》，载《芒种》，2014 年第 10 期，第 69 页。

② Wilson, August. 1986. *Fences.* New York：Plume. p. 34.

说："这是工作，是责任，一个男人必须照顾他的家庭……而不是因为爱。"① 在工作中受到歧视，在家庭中又必须担负起照顾家人的责任，这种双重空间的挤压让特洛伊开始去寻找解脱的方式——出轨。泰勒家（Taylors）的酒吧成了特洛伊为自己构建的另一个自由空间，在这里他找到了让自己释放压力的情人艾伯塔（Alberta）。在与艾伯塔相处时，特洛伊感觉到久违的自由与快乐，就像回到认识萝丝之前一样。感到自己从原来压抑的生活空间中解脱出来，摆脱了社会和家庭的双重压力。然而，当特洛伊将出轨之事向萝丝坦白时，他便真正地被原有的生活隔离了。妻儿的远离，朋友的疏远，使得特洛伊醒悟这并不是自我解脱的正确方式，而是对自己原有身份的剥夺。

作为处于多重空间挤压下的矛盾主体，特洛伊需要的不仅是对内心空间的释放，还需要对自己所承载的文化身份的高度自信，而这种自信则来自他自我编造的回忆空间。剧中特洛伊多次向妻子萝丝和朋友伯纳描述自己与死神英勇搏斗的场面。在回忆空间里，他直面死神的威胁却毫无畏惧，并最终战胜了让白人畏惧的死神。正是在这个脱离现实与时间的回忆空间的帮助下，特洛伊找回了对自我身份的自信和认同。然而萝丝却总是一语中的地揭穿特洛伊的假想回忆空间，她试图让特洛伊回归现实，在现实中寻找身份自信。

不管是通过出轨寻求心理解脱还是靠编造回忆来获得身份自信，特洛伊都无法构建一个可以休憩与汲取能量的心理空间。真正能使其将现实与自我身份连接起来的是他经常哼唱的布鲁斯音乐。"对于威尔逊来说，布鲁斯音乐是美国非裔文化对世界的回应，是一种承

---

① Ibid. p. 39.

接过去与现在，以及现在与未来的联合力量。"① 该剧中的布鲁斯音乐营造出了特洛伊寻求安慰与休憩的特殊空间。整部剧中，特洛伊每当落寞、迷茫的时候就会哼唱老狗布鲁斯（dog Blue）的歌谣。这是一首他父亲创作的曲子，正如他在剧中所说："这是我父亲的歌谣，我父亲编造的。"② 特洛伊憎恨自己的父亲，甚至憎恨自己民族所承受的屈辱历史，他曾用离家出走的方式试图逃离他父亲的空间，割裂与父亲以及族人历史的联系。然而，当自己孤立无援或内心苦闷压抑时，特洛伊却本能地到父亲编造的歌谣中寻求庇护。这首被他哼唱着的布鲁斯音乐不再是简单的音符，而是成为连接古老的族人文化并能给予族人力量的特殊空间。

正如拉里·尼尔（Larry Neal）所说，"历史，就像布鲁斯，要求我们见证我们祖先的遭难。我们要么直面这些悲痛的遭遇，要么就被它们毁灭。"③ 这句话在特洛伊与考锐这一对父子的身上也能得到佐证。经历过家暴、入狱、棒球梦破碎等悲痛经历的特洛伊对自己族人的悲惨命运有了深刻的体会。深受种族歧视之苦的他打破了考锐的足球运动员的梦想。考锐属于与族人历史文化割裂的一代，他满怀希望地追求自己的社会身份，自然不会理解父亲独特的保护方式。父子间没有共同的语言和思维，然而承载着族人历史文化的布鲁斯却被潜移默化地传承了下来。在特洛伊的葬礼上，考锐与同父异母的妹妹丽奈儿（Raynell）一起哼唱着祖父编造的歌谣，并在歌声中接受了父亲和自己的族人身份。

处在物理空间与社会空间的双重挤压下，心理空间的压抑感让非裔美国人不断地寻求通往自我身份的宣泄口。但不管是通过出轨

---

① Plum，J. 1993. "Blues，History，and the Dramaturgy of August Wilson."*African American Review*（27）. p. 564.

② Wilson，August. 1986. *Fences*. New York：Plume. p. 45.

③ Neal，L. 1971. "The Black Arts Movement."*The Black Aesthetic*. p. 278.

逃避常规的生活空间，还是为了提高身份自信而不断编造记忆空间，非裔美国人都无法成功地找回自己的自由身份。而真正能够治疗非裔美国人伤痕累累的心灵的正是被他们口口相传的布鲁斯音乐。在蕴含着本民族历史文化身份的音乐中，非裔美国人的心理空间恢复了久违的恬淡，获得了链接自我身份与古老文化的强大力量，实现了心灵对自我身份的回归。

《篱笆》这部作品为读者营造了多重空间，每一个空间维度都是探析这部作品中主要人物进行自我身份构建的绝妙视角。本章以列式空间理论为基础，从物理空间、社会空间和精神空间三大维度对奥古斯特·威尔逊的这部作品的空间性进行了详细解读，揭示出作品中的地理物质景观、社会的权力机制以及个人的心理状况对非裔美国人构建自我身份的重要作用。物理空间是美国黑人追求自我的生存空间，同时也是传承身份的神圣空间。即使处在白人主导的社会权力空间，非裔美国人仍带着绝望的勇气去进行空间实践，以期获得自己的身份认同。面临来自多重空间的挤压，非裔美国人不断逃离压抑的心理空间，最终感悟出唯有与自己古老民族的历史文化保持传承与联系，方能完成自我身份的构建之旅。

第四章　弥散的白人幽灵

——《钢琴课》中脆弱的空间交界

奥古斯特·威尔逊在其作品中强调非裔文学作品的"黑人性"，并坚持认为"剧作家应着眼于挖掘黑人题材"。[1] 在《匹兹堡系列剧》中，威尔逊集中描绘了 20 世纪与黑人相关的重大转折性事件，还原了黑人的生活空间原貌，展现了黑人在空间夹缝中的挣扎。同时，剧作家在系列剧中也表明了自己的立场：白人以其强力的文化和资本优势占据了绝大部分的社会空间和资源。在白人社会的洪流中，黑人必须时刻保持警醒才不至于迷失，而文化与记忆传承则是黑人抵抗白人的重要力量。

戏剧作为一种舞台艺术，其舞台空间的呈现对于主题的阐释起着不可忽视的作用。作为《匹兹堡系列剧》中的重要剧作之一，《钢琴课》（*The Piano Lesson*，1986）将 20 世纪 30 年代美国黑人的历史空间化，通过舞台空间中的戏剧物体展现了白人群体对黑人群体在空间上的侵袭和控制。剧中矛盾冲突的焦点集中体现在黑人多克家祖传的钢琴，然而，这个显而易见的舞台物体并不是唯一的戏

---

[1]　王晶、张瑾：《奥古斯特·威尔逊的戏剧观》，载《哈尔滨工业大学学报》，2008 年第 6 期，第 104 页。

剧空间表征。在《钢琴课》中，威尔逊利用一扇门、几阶楼梯和各式道具等细腻的舞台空间表现手法，不仅烘托了主题，而且反映了白人空间和黑人空间之间脆弱的空间交界。

一、脆弱的空间守卫：门

英国现代戏剧家彼得·布鲁克（Peter Brook）对戏剧的定义如下："我可以随意拿来一个空间，把它当作最简单的舞台。一个人在舞台上走过，而这时又有人在观看，构成一部戏剧的条件就全有了。"[1] 伴随着西方戏剧的第三次空间转向，无论是学者还是剧作家，都越来越多地把精力投入到了对于空间的研究之中。空间不再只是一个沉默的舞台，或是几件道具，不再是单纯地为表达戏剧主题锦上添花，而变成了这种表达本身的一部分。也就是说，在现代戏剧舞台之上，任何排布都不是随意的，一切存在都旨在传达某种意图。这就要求观众和读者关注舞台上每一个细微之处。童强在《空间哲学》中将社会空间分为两种类型："社会空间有'分隔'与'连接'两种形态，而且只有这两种类型。前者我们称之为'空间1'，后者我们称之为'空间2'，'空间2'连接两个'空间1'，就构成了一个最简单的空间结构；其他所有的空间结构都只是这一简单结构的符合类型。"[2] 如图 4–1 所示：

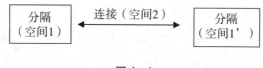

图 4–1

按照此种社会空间的划分方法，《钢琴课》中"分隔"和"连

---

① Brook，P. 2008. *The Empty Space*. New York：Penguin Group. p. 1.
② 童强：《空间哲学》，北京大学出版社 2011 年版，第 9 页。

接"的舞台空间结构如下图（图4-2）所示：

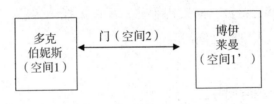

图4-2

门的左侧是多克和伯妮斯家宅的内部空间，即空间1，门的右侧则是家宅的外部，博伊和他的伙伴莱曼的空间，即空间1'，而门是负责连接起家宅内外的空间，即空间2。在一般舞台场景中，门是分隔和联系两个空间的主要标志。加斯东·巴什拉（Gaston Bachelard）在《空间诗学》中评价："门是一个半开放的宇宙。这至少是半开放的宇宙的初步形象，一个梦想的起源本身，这个梦想里积聚着欲望和企图，打开存在心底的企图，征服所有矜持的存在的欲望。门是两种强烈的可能性的图解，它们清楚地划分了两种梦想类型。有时候，门紧闭着，上了闩，上了锁。有时候，门开启着，也就是说大门洞开着。"① 而在《钢琴课》中，门的内外两侧则是伯尼斯和博伊·威利两大"阵营"的对立：门的内侧，多克和伯妮斯在"空间1"里紧紧地守护着让钢琴带着它的历史一起沉睡的愿望；而门的外侧，在"空间1'"里，博伊·威利和莱曼带着卖掉钢琴的欲望和企图开始了向"空间1"的突破。然而，作为"第一道防线"的门是脆弱的，它在剧中作为空间交界线的作用十分微弱。黑人多克和他的侄女伯妮斯在北方小城的平静生活以黎明时分博伊·威利冒失的敲门声宣告结束。"喂，多克，我说多克！喂，伯妮斯，伯妮斯！"

---

① ［法］巴什拉：《空间的诗学》，张逸婧译，上海译文出版社2009年版，第243页。

"开门，黑鬼！是我，博伊·威利！"① 可见"外来者"博伊·威利仅用几下粗鲁的敲门就成功地让门失去了分隔空间的作用，宣告了"外侧"势力的成功侵入。值得一提的是博伊·威利前来"拜访"的原因，他卖掉钢琴的目的是直接指向白人的：一个白人奴隶主死了，博伊·威利与白人达成协议，把钢琴卖给白人，用得到的钱交换白人占据的土地。由此可见，白人的幽灵不需要借助钢琴就已经出现了。从博伊·威利出现的那一刻，甚至比这更早就已经存在在舞台上了。白人的幽灵在本质上是白人对黑人控制力的具象体。从黑人第一次踏上美国的土地，它就开始了对黑人的钳制。有趣的是，博伊·威利这股"异势力"是在黎明之际造访，而黎明本身就是黑夜和白昼的交界线，所以，在这部剧的冲突核心——钢琴出现之前，黎明时分和门的两侧，就已经在预示着姐弟双方的矛盾冲突。博伊·威利来了，带着一片嘈杂，而此时，伯妮斯一家则正在睡觉。这样的开篇也为引出后来伯妮斯选择默默守护钢琴和家族的血泪史同博伊·威利选择卖掉钢琴，与白人社会正面交锋的阵营对立过渡得顺畅自然。

回到门的主题，"门向着哪里，对着谁打开?"② 剧中，退休的铁路厨师多克的卧室被设定在一楼，且卧室的门"直接对着"厨房，强调了烹饪在黑人文化中的重要作用；而伯妮斯每次经过的楼梯一侧则摆放着钢琴。多数国内外学者在分析伯妮斯弹奏钢琴请求黑人祖先对抗萨特幽灵的场景时，认为伯妮斯扮演着"女祭司"的角色，拥有和黑人祖先交流的能力。笔者赞同此观点，并想进一步探求这个观点形成的原因。如果伯妮斯是"女祭司"，整座房子是神殿的话，那么钢琴的对应物便是圣坛。在描写老博伊·威利在钢琴上刻

① Wilson, A. 2013. *The Piano Lesson*. New York：Penguin Group. p. 1.
② ［法］巴什拉：《空间的诗学》，张逸婧译，上海译文出版社，2009年版，第243页。

下的图案时，威尔逊曾用到"图腾"一词来形容。弗洛伊德在《图腾与禁忌》中解释："图腾崇拜是在澳洲和非洲原始民族用来取代宗教信仰的体系，它构成了当时社会结构的基础。"① 图腾"也许是可食或无害的，也可能是危险且恐怖的……与整个宗族有着某种奇异的联系。大致来说，图腾总是宗族的祖先，同时也是其守护者。它发布神谕，虽然令人敬畏，但图腾能识得且眷顾它的子民"。② 此外，弗洛伊德还在书中引述了雷诺在 1900 年对图腾崇拜所总结的"图腾崇拜法"，其中指出："图腾动物能够保护和警告它的部族，忠贞的族人甚至可以从图腾中得知未来。"③ 由此看来，"女祭司"一说的确有迹可循。其次，《图腾与禁忌》还提到了"图腾餐"这一祭祀活动。"图腾餐"是图腾崇拜的重要组成部分。在《钢琴课》中，多克的卧室门正对着厨房这一点，可以作为在"图腾餐"的痕迹纳入整个"女祭司"与"祭祀"的体系中去。然而，钢琴这座"祭坛"作为《钢琴课》的核心舞台空间物体，它的登场是先于演员的，因为通常舞台布置是先于表演的。这容易使人联想到美洲大陆黑人与白人的关系，无论黑人演员登场与否，白人的幽灵就在舞台上。阿铎称这种舞台布置传达出的信息为"空间诗"，并在其《剧场及其复象》对这种"空间诗"做出了进一步的阐释："舞台这个场所，是身体的、具体的，需要加以填满，要让它说自己具体的语言……这种具体语言，是针对感官的，独立于话语之外……只有当它传达的思想不受制于有声语言时，才是真正的戏剧。"④ 钢琴课》中的钢琴作为舞台物体，持续传达着剧作家所要表现的东西，

① ［奥］弗洛伊德：《图腾与禁忌》，文良文化译，中央编译出版社 2005 年版，第 109 - 110 页。

② Ibid. p. 3.

③ Ibid.

④ ［法］阿铎：《剧场及其复象》，刘俐译，浙江大学出版社 2010 年版，第 39 页。

提示着白人的存在。它所诉说的"具体语言"比出口即逝的台词更要富于稳定性。

总而言之，无论是舞台布置，"祭坛"和"女祭司"，还是戏剧最开始博伊·威利带来的嘈杂声都无一例外地与"白人"密不可分，甚至黑人的祭坛——钢琴，也本是白人奴隶主罗伯特·萨特的所有物。钢琴的四周不只有黑人的图腾，还有白人的幽灵。因此，该剧中的门看似是为了守护黑人的空间而存在，而实际上是通往或是指向白人们的领域。在文化的侵染和冲突面前，黑人即便关上家门也无法抵御白人的侵袭和控制。

二、主战场的前哨：楼梯

除了门以外，楼梯在《钢琴课》中也起到空间连接作用，是另一处重要的空间交界。相较于《钢琴课》中的其他人物，女主人公伯妮斯以及她的女儿与楼梯的关系更为密切。伯妮斯母女的卧室位于二楼，而伯妮斯最初的登场便是从二楼的卧室下楼，停在楼梯上和弟弟博伊·威利进行"交谈"。姐弟俩的对话从一开始就硝烟弥漫。可见这段楼梯连接的不仅是楼上与楼下的空间，而且还直接通往两个交锋的阵营。剧中每逢伯妮斯下楼就会有一连串兄妹争吵的对话描写，争吵过后，都无一例外是伯妮斯回到楼上的卧室，而博伊·威利则继续留在一楼。就像一场攻城持久战，城堡的一层随着大门的轰然倒地而遭到占据，城堡中的人除了拼命排除"外敌"之外，就是固守城堡的上层。

伯妮斯对博伊·威利出现在她的空间异常敏感，她认定博伊·威利的出现必然伴随着吵闹和麻烦，她对博伊·威利的每一句话都充满了质疑和敌意，因此说出的话都带着审判的意味。当博伊·威利说到白人萨特离奇的死亡故事时，伯妮斯就立刻把他纳入了嫌疑犯；当博伊·威利说到他开着卡车不远万里而来时，伯妮斯随即问了三遍这辆卡车的来历；当博伊·威利向伯妮斯介绍他的朋友莱曼时，在问候之前，伯妮斯先质问莱曼到北方的原因，并对他躲避警察追捕的行为极尽不满。此外，对于博伊·威利，伯妮斯说得最多的一句台词就是"滚出我的房子"。以上种种足以说明伯妮斯对博伊·威利空间入侵行为的不满以及这对姐弟之间非同一般的矛盾。其实，伯妮斯和博伊·威利的矛盾早有渊源，并不只在于钢琴的去留。三年前伯妮斯的丈夫在协助博伊·威利和莱曼偷运伐木场的木材时，被警察击毙，而博伊·威利和莱曼也被抓进了农场监狱服役，过着非人的生活。整个家族从此蒙上了偷盗的污点。事件虽然已经过去三年，伯妮斯依旧无法走出失去丈夫的悲痛，无法开始新的生活。她对博伊·威利的过度反应也是她发泄心里的悲愤和郁结的一种表现。

楼梯不仅仅通往与博伊·威利和痛苦回忆的战场，也通向整个家族的苦难历史。楼梯的右侧摆放着记载家族苦难史的钢琴。白人奴隶主罗伯特·萨特为了给自己妻子的生日礼物，用伯妮斯和博伊·威利的曾祖母和祖父换了这架钢琴，女主人后来因为思念失去的奴隶，而让曾祖父把二人的像刻在钢琴上。老博伊·威利不仅在钢琴上雕刻了他的妻儿，而且还刻上了整个家族的历史。到了多克那一辈，伯妮斯和博伊·威利的父亲查尔斯·威利为了从白人手中夺回象征着家族自由的钢琴而被白人奴隶主追杀而死。在那之后不久，涉嫌谋杀的白人也离奇死亡，"黄狗列车"的恐怖传言开始流传。另一方面，伯妮斯和博伊·威利的母亲则用一生的血泪守护这架钢琴。伯妮斯从小为母亲弹奏这架钢琴，借此可以让母亲和逝去的父亲对话。可见伯妮斯从年幼时就开始背负整个家族的不幸历史，以至于身为人母的她不再弹奏钢琴，以期让钢琴中寄宿的灵魂得到安息，也保护自己的女儿，不让她像自己一样背负如此沉重的苦难过去。所以伯妮斯虽让女儿玛瑞莎弹奏钢琴，但却不告诉她钢琴的故事，这也是最令博伊·威利恼怒的。早在戏剧伊始，博伊·威利想要叫醒楼上的玛瑞莎并打个招呼就遭到了伯妮斯的激烈反对："你敢去吵醒那孩子！"① 其后，每当他准备告诉他的侄女玛瑞莎家族的历史时，伯妮斯就会让玛瑞莎上楼，回到卧室里去；他为玛瑞莎演奏了一段布鲁斯摇滚，伯妮斯立刻叫玛瑞莎离开："玛瑞莎！离开那，准备去上学！不要迟到！"② 伯妮斯的这一行为，反而使博伊·威利对于"揭发"那段秘密更加兴致盎然，开始了乐此不疲的挑衅。从博伊·威利和玛瑞莎的对话中，伯妮斯对那段种族历史的极力掩盖和对女儿的保护则表现得更加明显：

博伊·威利：博伊·威利叔叔会给你买把吉他。再让老多克大叔教你怎么弹它。你不用看任何乐谱就可以弹。你妈妈告诉你钢琴上这些图片的故事了么？你知道他们的来历吗？

玛瑞莎：她没有告诉我，她说她得到这架钢琴时，那些画就已经在那里了。③

正如加斯东·巴什拉所说："家宅在自然的风暴和人生的风暴中保卫着人。"④ 连接一楼和二楼的楼梯是紧急出口一般的存在。伯妮斯通过它可以继续回到对于亡夫的追忆中，可以从家族的沉重回忆中得到喘息，还可以回避弟弟波博伊·威利的步步紧逼。更重要的是，有了通往二楼卧室的楼梯，伯妮斯可以为自己的女儿营造一个避风港，可以让她脱离家族的苦难回忆。然而伯妮斯的愿望并没有实现，楼梯的前哨同样失去了作用，萨特的幽灵最先出现在她认为是避风港的二楼。对于自己家族历史一无所知的玛瑞莎陷入了恐惧。

---

① Wilson，A. 2013. *The Piano Lesson*. New York：Penguin Group. p. 7.

② Ibid. p. 21.

③ Ibid. p. 21－22.

④ ［法］巴什拉：《空间的诗学》，张逸婧译，上海译文出版社 2009 年版，第 243页。

剧作家这样的空间安排进一步体现了现实社会中黑人与白人间地位的不平等。二楼是这所住宅的最高一层，白人即使变成了幽灵，也依旧在空间上凌驾于黑人之上。

在黑人和白人的空间征夺战中，伯妮斯的逃避让全家在萨特的幽灵面前变得束手无策。而黑人"牧师"艾弗瑞的《圣经》经文亦然，因为《圣经》在某种意义上也是白人文化的产物。如果说"表演可以被定义为在特定场合中特定人物做出的任何举动，而这些行为将通过任何一种形式影响到其周围的人"，① 那么艾弗瑞则是进行了一场表演中的表演，而且这场表演遭遇了彻底的失败。竭尽全力扮演白人角色的他是无法帮助黑人对抗白人幽灵的。此时，带来了混乱的博伊·威利，也带来了转机。现实的紧急和博伊·威利的英勇斗争让伯妮斯重拾了勇气，肩负起"女祭司"的职务，恢复与黑人祖先的联系，最终战胜了萨特的幽灵，姐弟间的矛盾也实现了调和。在最后，玛瑞莎终于拥抱了叔叔博伊·威利，祖先要传达的故事也得以顺利传达给了家族的下一代人。

由此可见，楼梯并不是可靠的避难通道，二楼的空间也不是避难所。白人留给黑人的空间只有狭窄的夹缝，白人幽灵也并不会消失，它只是在夹缝的附近等候时机。对于家族的历史，伯妮斯像他们的母亲，是守护的力量，而博伊·威利更像父亲，是开拓和勇气的象征，任何一方都不能独立赶走萨特幽灵，黑人想摆脱夹缝生存的命运，既不能抛弃成就了自己现在的过去，也不能耽于现状放弃前进，只有这样才能避免重蹈覆辙。

---

① Goffman, E. 1956. *The Presentation of Self in Everyday Life.* Edinburgh：University of Edinburgh. p. 13.

三、奥德修斯之船：卡车

《钢琴课》中的卡车不同于门和楼梯，它是舞台外空间物体，并未在舞台上出现，但是却连接了更广大的空间。它连接了南方与北方，博伊·威利和莱曼用它载着西瓜，从南方来到北方的匹兹堡，希望卖掉西瓜赚一笔钱。路途中这辆卡车坏了三次。对此，托尼·莫里森在她为《钢琴课》所做的序言中这样描述："他们为一路上对这辆卡车做的修修补补而自豪……卡车的存在既提供方便而又具有象征意义，因为西瓜形象滑稽地让人联想到黑人。在这里亦是一种最好的自助形式。"① 卡车载满西瓜的场面，很容易使人联想到第一批黑人乘坐火车被运往美国并且从此开始了奴隶生活的经历。在美国经济大萧条时期，南方的黑人们涌向北方，希望在北方可以过上更好的生活。可是当他们到了北方才发现，北方的生存环境也一样艰难：黑人艾弗里在北方如鱼得水的日子就是在一幢摩天大楼里做电梯服务生；多克令人羡慕的工作也不过是铁路厨师。他们仍旧只能在白人社会的"各个功能系统之间创造自己的生存空间，设立自己的'职位'"。② 博伊·威利和莱曼去卖西瓜也是这种自求生存，自立"职位"的表现。

对黑人来说，卡车还联结了黑人的种植园历史与工业文明。卡车上的西瓜的产地在南方，同时它们也是南方农业活动的产物，代表着黑人们在南方的过去；北方城市匹兹堡是典型的工业城市，代表着工业文明。对于在其中生存的个体来说，人类的生存实际上是人自身与环境交互作用的过程。在劳动过程中"空间变成了人的空

---

① Wilson，A. 2013. *The Piano Lesson*. New York：Penguin Group. p. i.
② 童强：《空间哲学》，北京大学出版社 2011 年版，第 10 页。

间，而人变成了这空间之中的人"。① 由此可见空间对于确立个体主体性有不可忽视的作用，也正是由于这种在空间环境之中建立起来的主体性，"在一般的意义上，人必然会将自我的意志体现在外部空间上，占有空间成了他主体性的体现"。② 然而对于黑人来说，在南方，黑人们并没有自己的土地，即使从事农耕活动也是为了满足白人的要求。在北方，黑人也无法像白人一样，充分地参与到工业活动中去。所以，无论是在南方还是北方，黑人都无法像白人一样通过与环境的交互作用，通过将自己的意志体现于空间的方法来确立自己的主体性。因此，在《钢琴课》中，博伊·威利始终认为让白人这样裁定世界的力量的来源就是他们拥有土地。他之所以想要卖掉钢琴来换取土地，不仅仅是为了得到可以与白人平起平坐的权力，也是为了脱离这种在夹缝中挣扎的困境，找寻到自我的生活空间和存在的意义。

此外，舞台外空间物体卡车还为剧中的黑人角色和白人角色提供了直接交流的机会。这辆卡车在博伊·威利和莱曼前往市区卖西瓜时也不那么顺利，接连发生了几次故障，一如黑人融入白人社会的过程，充满了阻碍。关于他们在市区卖西瓜的场面的描写反映出了黑人和白人生活水平的差异。博伊·威利和莱曼出售的西瓜是低端的农产品。与他们两人一路上的艰辛相对比，白人们享用这些成果并不需要付出体力劳动，只需要付出很少的金钱。不仅如此，白人买西瓜时出手阔气的程度也让莱曼瞠目："你刚一开始叫卖西瓜，他们就立刻从房子里出来买。然后他们就去走访邻居，好像是他们在比看谁买的多。"③ 白人买西瓜的场面再一次呼应

---

① Ibid. p. 8.

② Ibid.

③ Wilson, A. 2013. *The Piano Lesson*. New York: Penguin Group. p. 60.

了托尼·莫里森在该剧的序言里关于黑人和西瓜的说法。无论是在南方，还是北方，黑人都处在社会的底层；而白人的"买西瓜比赛"也与当初奴隶主争相购买黑人奴隶以证明自身的资产和实力的行为如出一辙。

剧中的这辆卡车似乎总是麻烦不断，需要不停地维修。无论是从南方到北方，从田地到城区，还是在去市区卖西瓜的途中，博伊·威利和莱曼的旅途始终如同奥德修斯返回伊萨卡一般坎坷。其实黑人的颠沛之旅，早在第一批掠夺者登上非洲大陆就开始了。不同于奥德修斯，黑人们面对的现实更为残酷。因为他们的船并不是回归之船，而是不断远离故土。黑人们先是告别非洲，到达美洲；之后是告别浸透了祖辈汗水的南方土地，迁往了北方。在经历磨难后，奥德修斯重新夺回自己的王国，而失去根源的黑人却只能在白人留下的空间夹缝中挣扎。

在《钢琴课》中，空间边界是以门、楼梯和卡车为表征的。然而，无论是静态的边界，还是动态的边界，它们最终都没有完全实现黑人与白人的空间分离。多克家的门挡不住博伊·威利的野心；一二层之间的楼梯挡不住萨特幽灵的寻仇；就算距离再遥远，过程再坎坷，黑人还是来到了美洲，西瓜还是送进了白人的家中。可见，这些"看得见的边界，诸如围墙或是一般意义上的包围物，只是产生出一种将空间分割开来的表象，这些表面被分割开的空间实际上仍保持着模糊的连续。从社会空间的意义来讲，各种体现私有财产印记的标志如藩篱、墙壁等，可以将空间分割为房间、卧室、家宅或是花园，然而在根源上，他们仍是原有空间的一部分"。① 这些看得见的边界在黑白文化的碰撞中显得更加脆弱不堪。

---

① Lefebvre, H. 1991. *The Production of Space*. Oxford：Blackwell Publishing Ltd. p. 87.

在威尔逊的戏剧舞台上，白人的角色寥寥无几。然而，在威尔逊的虚构世界里却充满了白人。"如果白人没能出现在台上，那么他们就通过黑人们的生活、故事、交谈来让自己实体化。"① 在《钢琴课》中，舞台上的黑人角色们用大段的对白陈述着他们与白人千丝万缕的联系。唯一能够称作白人角色的是萨特幽灵，但即便是这个若有若无的角色也让台上整个黑人家族都经历了一场大震荡。"威尔逊看起来意图将白人角色边缘化，去舞台化，反而证明了一个重要问题，那就是白人对黑人影响力的强大——白人的存在是强大的，强大到即使他们不直接参与也能够控制黑人生活的方方面面。"②《钢琴课》中的各种设定，从人物对白到舞台布置，每个角落都体现出了白人文化对于美国黑人的浸染。在这些角落中，观者渐渐认知白人对于黑人生活的影响力的广度与深度。正如整部戏剧所表现的那样，白人的世界观体现在黑人的言谈举止和衣食住行。无论是伯妮斯、博伊·威利，还是其他黑人角色，面对脆弱的空间交界，他们都以自己的方式在白人社会夹缝空间中探索着黑人的生存之路，他们的目的是一致的。而区别在于伯妮斯代表着温和守护，而博伊·威利则代表着激进开拓，这种激进无疑带有迷失的风险。在多年的混杂生活中，黑人与白人的文化越来越多地产生融合，不可以粗暴分离，更不可以丢弃黑人自己的文化根基和与家族历史的血脉联系。该剧结尾，威尔逊保留了钢琴，却也让伯妮斯让步，再次弹奏钢琴，并把家族故事传承下去。这样的安排体现了威尔逊个人对于黑人民族发展之路的主张，即要背负着过

① üsekes，. 2009. "We's the Leftovers: Whiteness as Economic Power and Exploration in August Wilson's Twentieth-Century Cycle of Plays." In H. Bloom (eds.). *Bloom's Modern Critical Views: August Wilson.* New York: An Imprint of Infobase Publishing. p. 88.

② Ibid.

去与历史一齐向前。只有拥有自己的文化，才能平等地与其他文化交流；只有向前走，才能吸收力量，慢慢壮大。对于非裔美国人来说，黑人的文化无疑是支持他们追求平等自由、实现最终理想的重要阵地。同时，对于其他正在探索长远发展之路的民族，这也是值得参考的建议。

第五章　矛盾中的平衡

——《钢琴课》中的社会空间建构

　　奥古斯特·威尔逊的第四部戏剧《钢琴课》（*The Piano Lesson*）是继《篱笆》之后，第二部荣获普利策戏剧奖的剧作。这部作品以20世纪30年代的美国社会为背景，"再次审视了剧中人物和历史之间的关系"。① 剧作家通过在剧中呈现双重矛盾、黑人与白人之间的矛盾以及黑人内部的矛盾建构了非裔美国人的社会空间，并将他们所面临的进退维谷的境况真实地展现在读者和观众面前。本章运用戏剧符号学和戏剧空间理论剖析《钢琴课》一剧中展示的非裔美国人的社会空间，探讨非裔美国人在20世纪30年代的社会空间，以及剧作家提出的协调双重社会矛盾的方法。

一、两种戏剧行动素模式

　　戏剧符号学家认为任何叙事都可以简化为"六格行动素模式"。格雷马斯所确定的六格行动素模式将戏剧行动素模式归纳为："一种

---

① Wang Qun. 1999. *An In-depth Study of the Major Plays of African American Playwright August Wilson：Vernacularizing the Blues on Stage.* Lampeter：The Edwin Melen Press Ltd. p. 97.

力量（或某一存在 D1），主体在其行动的指引下，为了另一存在 D2（具体的或抽象的）利益或荣誉而去寻找某一宾体 O；在寻求过程中，主体既有盟友 A 也有对手 Op。"[①] 行动素模式是分析戏剧文本中矛盾冲突的有效途径，可以分辨出矛盾冲突的原因及其表现形式，有助于清晰地剖析剧作家建构的社会空间的特点。在《钢琴课》中，博伊·威利（Boy Wille）和伯妮斯（Bernice）是矛盾对立的两个方面，整个社会空间的建构是围绕两人之间的矛盾展开的。因此如果把该剧的主人公博伊·威利（Boy Wille）和伯妮斯（Bernice）放在戏剧行动素模式中的主题模式中，那么《钢琴课》中主要空间主体之间的社会关系如下：

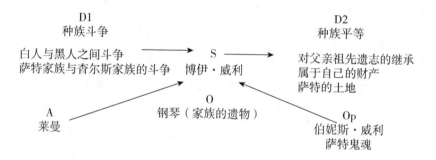

《钢琴课》中，所有的矛盾冲突都是有祖先的遗物——钢琴所引发的，毫无疑问，钢琴占据宾格的位置。此外，行动素可以分为正对子和反对子：正对子包括主体/宾体，发送体/接受体；反对子则包括辅助体/反对体。[②]《钢琴课》一剧中的社会矛盾和冲突表现为这两种行动素之间的搏斗和战争。

（一）反对子：辅助体——反对体

辅助体和反对体之间的矛盾和斗争经常是作品中冲突的体现。

---

①　［法］于贝斯菲尔德：《戏剧符号学》，宫宝荣译，中国戏剧出版社，2004 年版，第 47 页。

②　Ibid. p. 49.

在《钢琴课》一剧中，伯妮斯的辅助体要远远多于博伊。由于伯妮斯从小就是与家族的鬼魂们进行沟通的女祭司，所以当她弹奏起钢琴、呼唤家族的神灵的时候，祖先们的灵魂自然就可以帮助这个主体来努力获得宾体，并战胜反对体，驱逐了萨特的鬼魂。威尼·博伊和多克作为威利姐弟二人的长辈，支持伯妮斯，反对卖掉钢琴。在最后一场，威利和莱曼准备将钢琴搬走时，威尼·博伊突然出现，他坐下来演奏了一曲纪念他妻子的歌曲。他守候着钢琴，不让威利把钢琴搬走。和威尼相比，多克是个更为活跃的辅助体。作为该剧的见证人，他向众人讲述了钢琴的历史。他也曾表示不会在威利姐弟的争执中偏袒任何一方。但是在第二幕第四场时，他出面阻止威利和莱曼搬走钢琴。在诸多辅助体的帮助下，伯妮斯留下了钢琴，又开始弹奏钢琴，继续扮演女祭司的角色，担负起了联系祖先的责任。最重要的是，她终于清楚如何才能使家族的遗物物尽其用。

相比之下，博伊似乎有些形只影单。他的辅助体只有莱曼，二来莱曼在博伊争夺钢琴的战斗中所起到的辅助作用实在是微乎其微。莱曼和博伊从密西西比回到博伊的家乡贩卖西瓜。在剧中，他一直在博伊的指挥下努力完成搬运钢琴的任务。但是，在最后一幕中，当意识到萨特鬼魂的存在时，他放弃了辅助者的身份，匆匆离开了多克的房子。虽然莱曼没有从辅助体转变成为反对体，但是他的最终临阵脱逃，使得博伊在钢琴争夺战中显得寡不敌众。

辅助体和反对体的箭头是朝着两个方向发动功能，"冲突常常表现在这两种行动素之间的搏斗、战争"。① 在《钢琴课》中，作为辅助体的"祖先的灵魂"和作为反对体的"萨特的灵魂"体现了查尔斯和萨特两个家族之间几代人的斗争。这场斗争象征着白人与黑人之间的空间争夺战。戏剧最后的矛盾冲突也不再是威利姐弟二人之

___
① Ibid.

间的争夺钢琴的冲突，而是生者与死者之间的斗争。博伊代表着逝去的祖先，伯妮斯担负起呼唤祖先的重任。姐弟二人联手将奴隶主的鬼魂从他们的空间内驱逐出去。在这场驱鬼仪式中，两个家族的斗争看似终于有了一个了结，但是博伊在离开的时候对伯妮斯说："如果你和马萨不继续弹琴的话，不用说，我和萨特还会回来的。"①言外之意，白人和黑人之间的空间争夺战依旧存在着。

（二）正对子：发送体——接受体对子

对于主体博伊来说，发送体从广义上来说是种族之间的空间争夺战，即白人与黑人之间长久的斗争；从狭义上来看，发送体是家族之间的斗争。正是两个家族之间的矛盾促使博伊（主体）要得到钢琴（客体），将它卖掉，购买祖先曾经作为奴隶劳作过的土地，以此为祖先报仇，获得和白人平等的地位（接受体）。因此，威尔逊在这部剧中所反映的不仅仅是种族间的矛盾和冲突，还包括黑人种族内部的分歧和差异。二者共同构建了20世纪40年代非裔美国人的社会空间。

与博伊有所不同，伯妮斯作为主体时，其发送体是家族的历史。和她的母亲一样，伯妮斯是家族苦难史的守护者。儿时，她只为她的母亲弹奏钢琴，因为当她弹奏的时候，她的妈妈能够听见她父亲的声音。在最后驱逐萨特鬼魂的一幕中，伯妮斯再次充当了女祭司的角色，保护了家族的遗物。可以说她是生者与死者之间的纽带。

威尔逊曾经指出，有两个问题自始至终贯穿着《钢琴课》，一个问题是"你怎么处置从祖先那里得到的遗物"，另一个问题是"怎么才能使祖先的遗物更好地物尽其用"。接受体的不同可以看出，姐弟二人对祖先遗物的态度是截然不同的。博伊期望实实在在地利用祖先的遗物，用卖掉钢琴的钱来购买土地，从而为从未拥有个人财

---

① Wilson，August. 2013. *The Piano Lesson*. New York：Penguin Group. p. 108.

产的父亲报仇雪恨。而伯妮斯为了纪念钢琴上沾满的血迹，坚持保
存祖先的遗物。同时她为了不惊醒历经苦难的祖先的灵魂而放弃弹
奏钢琴，也不把钢琴的历史告知自己的女儿。二人的态度同时可以
体现出处于同一空间的空间主体的性别差异。博伊是为了完成父亲
的遗志，他致力于卖掉钢琴，获得个人土地，拥有属于自己的财产，
在世界上留下属于自己的印记。而伯妮斯一直都像是他的母亲一样，
照料钢琴，忠诚地担负起家族苦难史的守护者的责任。

　　综合以上两种行动素模式可见，黑人与白人之间的种族矛盾和
黑人种族内部的矛盾构成了 20 世纪黑人社会的主要社会关系，这种
社会关系建构了 20 世纪黑人所处的社会空间。威尔逊的剧作与众多
非裔美国作家的作品最大的不同在于：他不是单方面地反映黑人在
以白人为主导的社会中备受压迫的惨痛经历，而是将黑人内部的冲
突和差异一并重现出来。借助行动素模式进行戏剧文本分析，有利
于清晰地把握剧作人物关系和矛盾冲突，从而揭示剧中内在的主题
含义。行动素模式突破了传统文学作品分析模式，建立于历时性的
阅读分析，提供了共时性的分析模式，从而能够更加有效、客观地
分析作品。

二、富有隐喻的空间表征

　　于贝斯菲尔德强调戏剧空间并不是空的，而是被一系列的具体
成分占据着。这些成分包括：演员身体、布景成分和道具。① 这些
可以被称作"物体"的成分在戏剧中发挥着不同的作用。有的是出
现在舞台指令中"有用的"物体；有的是为了真实再现戏剧历史背
景或生活环境的舞台布景物体；而有的喜剧物体则是为了"表现某

---

① ［法］于贝斯菲尔德：《戏剧符号学》，宫宝荣译，中国戏剧出版社 2004 年版，
　第 153 页。

一现实的（心理的或社会文化的）换喻或隐喻"。① 本文中所探讨的是于贝斯菲尔德所提出的第三种喜剧物体的作用，旨在挖掘《钢琴课》中丰富的戏剧物体所传递出的具有深邃含义的空间表征。

钢琴是该剧中最重要的空间表征。它自始至终被摆放在舞台上，是姐弟两人矛盾冲突的焦点。"威尔逊第一次选择了一件物品、一份财产来审视黑人的文化和经济遗产。"② 作为宾体的钢琴是剧中最主要的空间表征，在剧中具有多个能指。首先，这架钢琴记录了奴隶社会奴隶和黑人是可以交换的丑恶历史：萨特的祖父用一个成年奴隶（多克的祖母伯妮斯）和一个未成年奴隶（多克的父亲）来交换钢琴，用以取悦自己的妻子奥菲莉小姐。后来由于奥菲莉小姐十分思念自己的奴隶，萨特的祖父让多克的祖父（威利·博伊）将其妻子和孩子的脸雕刻在钢琴上。威利·博伊不仅把现在的家人，而且把自己的父亲和家族的历史都雕刻在钢琴上，这样这架钢琴就具有了特殊的含义。这架拥有 137 年历史的钢琴记录了查尔斯家族几代人的历史：家人的图像、婚礼、葬礼，甚至还包括买卖奴隶等重大事件。钢琴上的图案让奥菲莉小姐非常兴奋，正如多克所说："现在她拥有了钢琴和她的奴隶。"③ 多克的哥哥坚信只要萨特家族拥有这架钢琴，查尔斯家族就永远摆脱不了奴隶的身份。几年后，他将钢琴偷了出来，但也因此被烧死在逃亡的黄狗列车车厢里。对于查尔斯家族来说，这架钢琴今天能够摆放在黑人家里，就意味着为自由而战的斗争的胜利。也正是因为这架钢琴被摆放在多克家里，所以它具有一种神秘的力量：它可以使逝者的灵魂不朽，还可以让现在和过去的交流成为可能。对于不同的主体，这家钢琴有着不同的含

① Ibid. p. 156.

② Booker，Margaret 2013. *Lilian Helman and August Wilson：Dramatizing a New American Identity*. New York：Peter Lang. p. 119.

③ Wilson，August. 2013. *The Piano Lesson*. New York：Penguin Group. p. 44.

义。对伯妮斯而言，钢琴既是家族的遗产，同时也是禁忌。对于博伊来说，钢琴是他实现个人梦想的方式，是通向未来的途径。这架钢琴是黑人历史空间表征，指涉着屈辱和奋斗的历史。

　　除了钢琴，食物也是威尔逊擅长使用的戏剧物体，建构戏剧空间的重要表征。剧中多处出现与食物相关的对话。多克曾絮絮叨叨地讲述火腿的制作方法；博伊也曾与多克讨论非洲传统食物的制作过程。值得一提的是剧中许多场景都发生在厨房。威尔逊在其剧作中多次将厨房作为其作品的场景，赋予厨房很高的象征和隐喻价值。这是因为厨房是黑人家庭中最重要的空间。威尔逊通过对食物、非洲传统烹饪方法的具体描述记录了非裔美国人的传统文化，象征性地表现了非裔美国文化的特殊属性。

　　一部戏剧作品的符号性越强，就越能够激发读者和观众的审美再创造，继而能够超越这有意味的中介，诱发观众的联想和情感表现。"符号常常以具体的形式和结构呈现出显性的特征，将带有内涵的信息内容固定在框架之中。"[①]《钢琴课》中丰富的符号性促使观众领会作品中的深刻含义。威尔逊借助寓意深刻的戏剧物体来建构非裔美国人的社会空间，传播非裔美国人的历史和文化。同时他也清晰地表明了自己的态度：非裔美国人的历史和文化是他们在以白人为主导的美国社会保持平衡、建构自我身份的有效途径。

三、独特的戏剧话语

　　于贝斯菲尔德在《戏剧符号学》中将戏剧话语笼统定义为"一

---

① 张石俊：《〈献给艾米丽的玫瑰〉象征意义之解读》，载《辽宁师范大学（社会科学版）》，第36卷第6期。

部戏剧作品产生的语言符号总体"。① 她继而将戏剧话语分为两部分：一是叙述话语，即由剧作家直接陈述的话语，包括戏剧文本中的说明文字（舞台指令、地名、人物姓名）；二是述及话语，是由剧中人物所陈述的话语。② 本章所探讨的《钢琴课》中的戏剧话语主要是述及话语。

威尔逊作品中的戏剧话语具有独特的艺术特色。他采用了盖茨（Gates）所说的"高谈阔论"（Loud Talking）手法："说话人对第二个人所说的话其实是指向可以听见两人谈话的第三个人。这种话语方式最成功的标志就是当第三个人听到前面二人的对话后，生气地质问：'你在说什么？'而第一个人却故意说：'我刚才没跟你说话啊！'"③ 威尔逊将这种话语方式灵活地运用在他的作品中。通过这种看似无意的影射，他将千百万非裔美国人在美国的悲惨境遇巧妙地呈现在读者和观众面前。

在《钢琴课》中，"高谈阔论"的戏剧话语比比皆是，许多重要的历史事件都是通过某个人物大段的对白呈现在舞台上的。该剧的时间背景是 20 世纪 30 年代，当时美国正处于经济大萧条时期。经济上的穷苦落后、政治上的不公平待遇和种族主义的猖獗迫害，使得南方黑人的生活愈发困难。他们渴望能迁往充满"机会和平等"的自由之乡。许多南方的种植园主也在这个时候纷纷出让自己的土地，迁徙到北方的工业化城市，开始新的产业。剧中博伊和多克的叙述真实地再现了当时的社会状况。博伊讲述了他要卖掉钢琴的原

---

① ［法］于贝斯菲尔德：《戏剧符号学》，宫宝荣译，中国戏剧出版社 2004 年版，第 198 页。

② ［法］于贝斯菲尔德：《戏剧符号学》，宫宝荣译，中国戏剧出版社 2004 年版，第 198 页。

③ Gates, Henry Louis, Jr. 1988. *The Signifying Monkey: A Theory of Afro-American Literary Criticism.* New York and Oxford: Oxford University Press. p. 82.

委：萨特的兄弟迁移到北方城市芝加哥去生产冷饮柜，他的儿子们也不再种地，而是到北方的城市去读书。在萨特死后，他的兄弟打算将南方剩余的土地卖给博伊。博伊的故事反映了经济大萧条对南方种植园主的严重冲击和影响。

作为剧中的主要叙事者，多克擅于讲故事。他曾经是在火车上工作的厨师，讲的很多故事都与火车旅游有关。他曾经讲述过亲眼所见的大迁移：

> 多克：27年了。现在我来给你们讲一讲我这27年间学到的关于铁路的事情。铁路通向四面八方。不管你身在何方，你都可以从任何一个地方上车，去往任何一个你想去的地方。这是很简单的事情。你认为谁都能够明白，但是你却会惊讶地发现有很多想要去北方的人，结果却在西方下了车。他们认为火车应该把他们带到他们想去的地方，而不是火车要去的地方。
>
> 为什么人们要迁移呢？他们离开是为了要去照看生病的姐妹，他们离开是因为他们不想杀人……还有些人离开是为了不被他人所杀。他们离开是因为他们没有得到满足，他们哪里是要去见某人。[1]

多克这一大段的陈述阐释了铁路这一意象在非裔美国人迁移过程中的重要性以及非裔美国人北迁的诸多原因。南方逐渐恶化的生存环境迫使众多非裔美国人离开南部农村，涌入美国各地工业中心寻求新的经济前景的机会。剧作家通过剧中人物的"高谈阔论"将舞台内空间延伸至舞台外美国经济大萧条时期的社会全貌和非裔美

---

① Wilson, A. 2013. *The Piano Lesson*. New York：Penguin Group. p. 18.

国人北迁的经历。有限的舞台空间却得到了无限大的延展。《钢琴课》中人物的戏剧话语成了社会符码，代表了广大非裔美国人的语言和思想，是剧作家构建社会空间的重要工具。

《钢琴课》中的戏剧话语除了具备社会符码性外，还将话语的交际过程复杂化。正常的戏剧话语交际过程包括两个部分：

过程一：IA 发送体（剧作家）——IB 接受体（观众）

过程二：IA 发送体（剧中人物）——IB 接受体（剧中另一人物)①

在威尔逊的作品中，他将以上的发送体的声音混合在一起，因此，我们在戏剧中听到的既是剧中人物的声音，又是剧作家的立场。更为复杂的是他将接受体的收听也合二为一，形成了新的交际模式：

发送体（剧作家 + 剧中人物）——接受体（剧中另一人物 + 观众）

这种新的交际模式的意义在于威尔逊将很多白人观众不愿直面的种族冲突以隐晦的方式呈现在舞台之上。正如马克·威廉姆·荣科（Mark William Rocha）所说："威尔逊'高谈阔论'的技巧在于其对剧院听众的设计。"② 观众以旁观者的身份审视非裔美国人的生活经历，从而理性批判美国社会存在的根深蒂固的种族歧视。同时这种委婉的话语方式也是剧作家在种族冲突中寻求平衡的一种艺术表现手法。

威尔逊在《钢琴课》一剧中，通过姐弟二人对祖先遗留下来的钢琴的截然不同的态度，建构了 20 世纪 30 年代非裔美国人的社会空间，展示了非裔美国人在这一空间内所经历的苦难和面对的困境。

---

① ［法］于贝斯菲尔德：《戏剧符号学》，宫宝荣译，中国戏剧出版社 2004 年版，第 203 – 204 页。

② Rocha, Mark William. 1993. "Black Madness in August Wilson's 'Down the Line' Cycle." *Madness in Drama*. Cambridge：Cambridge University Press. p. 200.

通过戏剧符号学分析该剧，可以有效地解析该剧中的戏剧矛盾冲突，探究威尔逊戏剧空间建构的艺术手法，证明威尔逊的剧作并不以展示黑人苦难历程为主要组成部分。剧作家为身处矛盾境遇的非裔美国人指出了协调平衡种族内部和外部矛盾的方法：非裔美国人的历史和文化传统是自我赋权和重构身份的重要途径。

第六章　迷失·救赎·重生

——《海洋之珍》中希特森的精神复活之旅

非裔美国剧作家奥古斯特·威尔逊凭借《莱尼大妈的黑臀舞》在美国剧坛崭露头角，又因出色完成《匹兹堡系列剧》而荣获诸多奖项，成为 20 世纪当之无愧的美国最伟大剧作家之一。《海洋之珍》（*Gem of the Ocean*，2003）虽不及《莱尼大妈的黑臀舞》以及《篱笆》等剧作轰动一时，但是威尔逊在剧中塑造的人物形象与故事情节以及赋予他们深刻的内涵彰显了《海洋之珍》的独特魅力。尽管国内外已有诸多学者对威尔逊及其成名作品进行了详尽研究，但是对于《海洋之珍》一剧的研究却略显寥寥。《海洋之珍》一剧中体现出了独特的空间性，剧作家在该剧中塑造的多元空间有效地彰显了该剧的主旨：白人压迫黑人的手段通过社会空间与心理空间体现，黑人对抗白人的方式通过物理空间与文化空间呈现；双方空间的相互抵消为黑人生产新空间提供了可能性。因此，通过分析各个空间的具体作用对于揭示主人公希特森精神复活之旅这一主题具有十分重要的意义。

一、迷途的羔羊

列斐伏尔认为每一种社会形态都在生产着自己的社会空间，社会关系不是空洞的抽象，而是一种具体的空间存在，它们将自身投射到空间里，打上属于自己的烙印，最终构建与之匹配的社会空间。《海洋之珍》剧情设定于 1904 年，在此之前，美国结束了持续五年的内战，废除了长达 250 多年的黑人奴隶制。然而，白人与黑人长期形成的剥削与被剥削的畸形社会关系，已经构建了一个种族歧视的社会空间。不仅如此，认知被视为具有象征意义的符号，可以折射出个人对于自我内心与外界的认识，从而形成心理空间。在《海洋之珍》中，对于白人而言，长期以来的奴隶制度导致他们形成了根深蒂固的奴役思维。他们让黑人沉沦于白人描绘的虚幻中上层社会生活，不断压榨、束缚黑人劳动者的合法权益。而对于黑人而言，自身长期以来形成的奴隶惯性导致他们形成了被奴役思维。即使是在奴隶制度废除后，他们会因突然脱掉的奴隶枷锁而无所适从，心生迷茫，从而再次陷入成为白人奴隶的困境。最终，在以白人为主导的社会空间和黑人自身对突如其来的自由无以适应的心理空间双重打击下，无数像希特森一样的黑人青年成了迷途的羔羊。

社会空间在《海洋之珍》中作为白人资本家榨取黑人利益的最主要产品，充斥着剥削压榨与种族歧视的话语。剧中白人老板恶意克扣黑人希特森的工资，毫无底线地奴役同希特森一样的黑人同胞。显然，对于白人而言，社会空间是利益争斗的场所。作为利益抢夺的焦点，它瞬间变成了血腥的战场。白人想要以绝对优势榨取黑人的最大剩余价值，就必须无情打压黑人的肉体和心灵。而我们所关心的社会阶层、社会阶级和其他群体界限（阶级、性别和族群）以及其间的社会权利关系都随着这个过程镶嵌进社会空间里，透过空间运作不断构建畸形社会空间。① 在这个初具雏形的不平等社会空间中，白人利用长期存在的社会歧视氛围不断打压黑人，加剧黑人悲惨命运。无论是索利妹妹在信中悲愤万分的陈述："那些白人都疯了，他们甚至不让我们离开。"② 还是赛里格看似沉着的转述："在肯塔基州有个黑人，大家都说他偷了一匹马，但是他争辩自己没有偷，大家还是将他视为歹徒了。"③ 黑人的生存境遇建立在白人为其强行构建的社会空间中，黑人的痛苦经历是白人为了能巩固其优先地位而施加的暴力行为。白人的最终目的是通过强行规训黑人从而获得这场社会空间斗争中的绝对统治地位。

白人不仅在社会空间领域中赢得对黑人的统治地位，而且通过对黑人构建奴隶心理空间达到操控黑人的目的，无情地将黑人变成没有思想的傀儡。剧中，黑人巡警凯撒沦为白人的精神奴隶，他努力挣脱自己的黑人身份，挤入白人空头许诺的"美好"社会空间。他模仿白人说话的口气，用蔑视的眼光嘲笑黑人索利，用欺诈的手段向黑人同胞贩卖魔法面包。他的行为是白人对待黑人行径的翻版，以为这样自己便可以拥有与白人一样的平等权利与美好生活。然而，这只是白人的一种手段。他们企图通过对黑人植入意识形态，诱惑黑人成为白人的傀儡，再借助意识形态介入空间生产，在这个可以任凭人类力量、意志和想象自由支配的心理空间里肆意操控黑人思维。白人的目的只是为了操控黑人，而不是为了让已驯服的黑人获得与白人的同等地位，偏离原本构建的空间意向。由此可想而知，巡警凯撒的结局注定是一个悲剧，他既无法真正融入白人社会，又

---

① 王弋璇：《列斐伏尔与福柯在空间维度的思想对话》，载《英美文学研究论丛》，2010 年第 2 期，第 352 页。
② Wilson，August. 2006. *Gem of the Ocean*. New York：Theater Communications Groups. p. 15.
③ Ibid. p. 12.

因抛弃自己的黑人身份而无法获得种族认同，如同一只迷失途中的
羊羔。

　　白人对黑人构建的奴隶心理空间占有了黑人所有的感象认知，
导致黑人没有剩余领域生产完整的自我心理空间。面对期待已久的
自由宣言，黑人更多的只是迷茫无措。剧中，希特森寻求艾斯特姨
妈的帮助，黑人玛丽告诉他："你得自救，只有当你愿意救自己，艾
斯特姨妈才能帮到你，她并没有魔力。"① 他却重复回答："大家都
说去找艾斯特姨妈吧，他能拯救你的灵魂。"② 正如心理空间的生产
是观念性的，以抽象思维为构架，以话语建构为表现形式投射到经
验世界中。反之读者可以通过语言分析探究黑人心理空间里的自我
意识现状。希特森的话语中无处不透露着对他人的依赖。这种缺乏
独立性思考的依赖是黑人缺失构建自我空间能力而产生的后遗症。
作者威尔逊也意识到黑人的自我意识缺失，他在《愿你所有的篱笆
都有一扇门：奥古斯特·威尔逊戏剧分析》中提到："突然间，黑人
必须要问自己这些问题：钱是什么？结婚是怎么回事？黑人怎么谋
生？"③ 希特森同其他黑人一样长期背负着奴隶身份而失去了对世界
的主观判断与决策意识，因此无法构建完整的自我认知心理空间，
成为一只迷途的羔羊。

　　白人不仅通过外部环境构建歧视社会空间不断打压黑人的意志，
而且他们企图借助意识形态介入黑人的心理空间生产达到从内部环
境掌控黑人意志的目的。在白人构建的社会空间与心理空间的双层
挤压下，黑人失去了构建自我空间的领域，也丧失了构建自我空间

① Ibid. p. 40.

② Ibid.

③ Rocha, Mark William. 1994. "American History as 'Loud Talking' in *Two Trains Running.*" in *May All Your Fences Have Gates: Essays on the Drama of August Wilson.* University of Iowa Press. p. 38.

的能力，惶然无措对于同黑人境地一样的希特森来说成为一种必然的结局。重新构建足以制衡畸形社会空间与迷茫心理空间的其他空间成为希特森们重拾自我与寻求真正自由的唯一途径。

二、救赎的力量

物理空间是一种具体化和经验化的空间实践，它包含了生产与再生产，以及每一种社会形态的特殊场所和空间特性，透过对空间的视明，我们展示了这个社会的空间实践。① 《海洋之珍》的剧情主要发生在艾斯特姨妈的房子内，并且通过一堵墙试图与外面世界分隔开。房子那头是白人专横统治的社会，房子这头则是黑人的庇护所。无数如同希特森一样慌乱无措的黑人在这个空间的保护下避免了白人的歧视伤害。在艾斯特姨妈构建的这个物理空间中，没有白人的霸权统治和空间占有，黑人得以重新构建传统文化空间。此时的文化空间在列斐伏尔看来成了一个黑人为了斗争、自由和解放而选择的空间。黑人通过文化空间的构建弥补了心理空间的缺失，也为今后同白人争夺空间自由而做足前期准备。可以说，物理空间为黑人构建文化空间提供了基础保障，文化空间的建立帮助黑人获得救赎，拯救自我。最终，希特森从原本迷茫无知的状态中逐渐恢复意识觉醒。

物理空间在《海洋之珍》中作为隔绝白人社会空间的屏障，为黑人灵魂的救赎提供了基本保障。墙和房子在剧本中所表现的功能一方面从外部环境抗衡白人构建的畸形社会空间，另一方面则是为黑人生产文化空间提供基本生存保障。墙具备物理形态，具有视觉特征，它的存在显示出社会界限与抗衡的界限所在，主体认同构建

---

① Lefebvre, Henri. 1991. *The Production of Space.* Massachusetts: Basil Blackwell Ltd. p. 11.

自我与异己边界机制。① 在剧中，伊莱决定筑一堵墙，这堵墙严严实实地将艾斯特姨妈的房屋空间与外部社会空间分隔开。黑人通过建筑一堵墙划分白人与黑人的世界，以此规划属于黑人自己的空间领地。伊莱对于修筑一堵墙这件事情异常坚持，透过这个物理介质我们也可以窥探黑人的意识状态。他们对于白人的欺凌忍无可忍，但却对此无计可施，不知该如何处理，只能借助这堵墙拦截白人的入侵。

　　房子不仅作为物理庇护所为黑人提供物质需求，也为黑人生产文化空间提供前提。作为物理空间形态而被生产出来的房子为黑人提供物质来源。在剧中，希特森踏入艾斯特姨妈的房子，进入厨房找食物。"他抓了些面包和吃的往嘴里塞，又抓了一些往口袋里装。"② 在白人肆意猖狂的社会中，黑人连最基本的温饱都无法解决。而在艾斯特姨妈的房子里，黑人总是能找到足够的食物来源，使得自己的生存得到保障。此时，艾斯特姨妈的房子已超越了单纯物理空间的范畴，具有了抽象概念。艾斯特姨妈在生产"房子"这个感知空间形态的同时，也制造了它的能指。各种能指符号编织成"文本"被黑人阅读，从而将房子这一物理空间中所隐含的象征符号表达出来。③ 作为象征符号，门牌号 1839 代表着这栋房子是一个可以为黑人提供安详自由的空间。厨房作为非洲文化重要传承之地，也暗示着这栋房子是一个可以为黑人提供基本物质需求和精神养料的空间。房子的象征意义为黑人文化空间的构建奠定基石。

---

① 王弋璇：《列斐伏尔与福柯在空间维度的思想对话》，载《英美文学研究论丛》，2010 年第 2 期，第 356 页。

② Wilson, August. 2006. *Gem of the Ocean*. New York: Theater Communications Groups. p. 19.

③ 潘可礼：《亨利·列斐伏尔的社会空间理论》，载《南京师大学报》，2015 年第 1 期，第 16 页。

文化作为一种特殊的语言通过控制知识和符号介入空间生产，帮助黑人构建新的空间，弥补了黑人长期缺失的自我心理空间。可以说，文化空间的构建在《海洋之珍》中对于黑人的意识觉醒和灵魂救赎具有重大作用。剧中的艾斯特姨妈通过为希特森举行非洲传统仪式，体验非洲歌谣，建立与非洲先人的联系，救赎希特森的灵魂，帮助希特森构建文化空间。

非洲传统仪式是希特森认识并接受自己非洲民族的开始，是生产文化空间的开端。传统的非洲巫毒教仪式使得希特森坐上"海洋之珍"号船只，穿越大西洋，来到"白骨之城"。仪式过程中的船、水作为仪式的道具蕴含丰富的文化意象，成为帮助希特森构建新空间的支架。船只是用艾斯特姨妈的卖身契折叠而成的，这张卖身契不仅见证了艾斯特姨妈的奴隶历史，更见证了非裔美国人曾经作为奴隶的屈辱史。这艘船只充满了非洲祖先奴隶史的符号，希特森消费着这段历史文化意义，开始踏上白骨之城的旅途。水作为希特森到达目的地的载体，本身也意味着历史。① 非洲黑人祖先们最初通过海洋完成中程航段的交易，到达美洲，开启非裔美国人的历史。河流又载着数以万计的美国黑人同胞前往自由圣地。海底堆积着无数因海难、饥饿、疾病而不幸葬身海底的非洲先人尸骨。水记载了非洲祖先的历史，成为一种文化象征符号，在希特森的骨城之旅中流通。

非洲歌谣作为黑人生产文化空间的催化剂，为希特森营造民族文化氛围，加速了希特森文化空间的构建进程。詹姆斯·科恩曾说："人们说以色列人在陌生的土地上无法歌唱上帝之歌，但对于黑人而

---

① Wardi, Janine A. 2009. *Currents of Memory: Ancestral Waters in Henry Dumas's "Ark of Bones" and August Wilson's Gem of the Ocean.* Oxford University Press. p. 740.

言，他们的存在借助于一支歌。"① "黑人歌谣是历史书写的形式，凡生老病死到各种仪式典礼，到小儿掉了一颗牙齿，都有相应的歌谣。"② 非洲歌谣作为非洲文化的载体记录着非洲的历史。艾斯特姨妈通过对非洲歌谣的传颂，将非洲历史文化以音符的形式萦绕于希特森正在生产的空间里，加速他文化空间的构建进程。

与非洲先人的联系是文化空间生产的关键，希特森通过面对祖先忏悔完成自我灵魂的救赎，为文化空间的生产清除了障碍。在白骨之城，希特森目睹了非洲祖先的尸骨，开始了解自己的黑人身份，与非洲祖先对话，同自己的黑人祖先建立联系，并以此为桥梁敞开心扉接受非洲文化。同时，在非洲黑人祖先的见证下，希特森向因他而含冤致死的布朗忏悔，救赎了自己的灵魂。与非洲先人的联系帮助希特森完成文化空间生产的最后也是最关键的一步。

物理空间的形成为希特森试图生产文化空间提供外部环境庇护，以此防御白人社会空间的侵袭。文化空间的生产则帮助希特森抵抗白人侵占和奴役的心理空间。在物理空间与文化空间的双重空间支撑下，希特森成功构建出一个全新的自我认知空间，在这个空间里，他不再因迷失方向而彷徨。通过救赎自己的灵魂重新获得勇气，唤醒为黑人自由而奋斗的意识，点燃对未来新生活的希望。

三、重生的勇气

列斐伏尔认为："（社会）空间是（社会的）产物。"③ 作为人类历史生产的产物，空间不仅是一种生产的结果，也是再生产者。

---

① Cone，James. 1972. *The Spirituals and the Blues.* New York：Seabury Press. p. 8.

② 孙秀蕙：《爵士春秋：乐手略传与时代精神》，广西师范大学出版社 2004 年版，第 76 页。

③ Lefebvre，Henri. 1991. *The Production of Space.* Massachusetts：Basil Blackwell Ltd. p. 26.

《海洋之珍》中，对于主人公希特森来说，新空间的产生是以社会空间与心理空间遭受侵害为诱因，又借助物理空间与文化空间的力量构建。同时，作为一个空间，新空间本身也继续自我生产，逐渐构建出完整的外界认知与自我认识，最终使之成为一个黑人为自由而斗争的场所。剧终，希特森继承了索利的衣钵，充满勇气和力量，成为一名为争取黑人平等权利而奋斗的勇士。

新空间的生产构建了希特森对外界的完整认知，他不再需要借助艾斯特姨妈构建的物理空间保护，而是无所畏惧地走出去。白人社会空间的挤压不再成为一种负担而是一种动力，一种促使黑人奋起反抗的因子，阶级和种族斗争从此拉开序幕。对于列斐伏尔而言，阶级斗争在空间生产中占有重要地位，这是消除差异，获取种族平等，占领合理空间的重要途径。剧中，索利作为美国地下铁道组织的领导者之一曾护送黑人前往北方、加拿大等可以让黑人获得自由的国度。当索利被凯撒开枪击倒死亡之后，希特森脱下自己的大衣，换上索利的大衣和帽子，拿着索利的拐杖（其上印有六十二个凹印，象征六十二位黑人获得自由），揣着从索利帽子里找到的信（索利妹妹从南方寄来的信），从艾斯特姨妈的房子跑了出去（前去南方解救索利妹妹以及其他黑人同伴）。他始终铭记索利的信条："战场永远是鲜血淋漓，到处充满血腥。每个人都在流血……但是你能做的就是站起来。"① 此时的希特森主动接受作为能指符号的索利的衣物、拐杖、信件以及信条，并自动将他们进行转码，存储入新的空间中继续生产，共同形成强烈的阶级斗争意识。最终，当他离开作为黑人庇护所的艾斯特姨妈房子构建的物理空间，走近充满歧视的白人社会空间中，成为黑人巡警凯撒下一个捕杀的对象时，希特森不似

---

① Wilson，August. 2006. *Gem of the Ocean*. New York：Theater Communications Groups. p. 83.

当初无助。相反，新空间的产出并且继续生产的过程帮助希特森构建更加完整的外部环境认知，从而成为一名充满斗志的勇士，致力于与白人争夺属于黑人的合理空间。

新空间的构建帮助希特森完善自我认知，告别迷茫无措，重新振作。被抢夺的心理空间对黑人造成的伤害通过构建文化空间与之弥补，相互和谐，为希特森生产新空间提供充裕的场所。此时的希特森不再是原本不知所措的、孤独的黑人。他对玛丽说："我曾经在舞会见过一个穿着蓝色晚礼服的女子……她眼里饱含泪水……我问她为什么一直哭，她说她很孤独……第二天醒来她还是一直在哭……我抱了她好一会儿……和她告别然后离开。"① 哭泣的女子宛如希特森曾经的灵魂，这是一条孤独与悲伤交加的脆弱灵魂。现在，希特森在艾斯特姨妈的帮助下，认识了非洲的民族文化，建立了与非洲先人的联系，肯定了自己作为黑人的身份。民族认同和身份认同帮助希特森摆脱迷茫、孤独、绝望的状态，重新树立新的奋斗目标，为之努力，从而获得新生的勇气，敢于流血，愿意牺牲，为黑人的自由而呐喊，成为一名真正的勇士。对于威尔逊来说：在很大程度上，同样还是这群人。自从第一批美国黑人踏上这块大陆以来，抗争就一直存在着。这些人环顾四周，观看着社会给他们所留出的生存空间。当他们看到他们参与社会生活所受到的种种限制时，他们愿意说：不，我拒绝接受你们强加在我头上的这种限制。"这就是勇士精神……所有人物都展示出来一种愿意为此而战的勇气和精神。"② 希特森的勇士精神来自他对自我身份的认同与对内心归宿的寻得，而这些都得益于新空间的产生与继续生产。

---

① Wilson，August. 2006. *Gem of the Ocean*. New York：Theater Communications Groups. p. 72.

② Moyers，Bill. 2006. *August Wilson：Playwright. Conversations with August Wilson* [M]. Mississippi：UP of Mississippi. p. 79.

新空间产出的前提是物理空间消除社会空间所占领域，文化空间溶解心理空间所占面积，先前空间的解构为新空间的生产腾出场所。新空间产出的同时也继续完善已构建的空间框架，帮助希特森形成正确的外部环境认知与自我内心认识，从而催产重生的勇气。新空间视阈下的希特森不再依赖艾斯特姨妈为黑人创造的庇护所，不再害怕以白人为主导地位的社会，勇敢地加入阶级斗争队伍中。此时的希特森欣然接受非洲民族文化，肯定自己的民族身份，内心充满对黑人同胞的关爱。外部环境认知与内心自我认识的统一性成就了一个充满新生力量的希特森。斗争的勇气成为一股新鲜的血液注入希特森的体内，黑人民族的未来成为希特森为之奋斗的目标，不怕流血、不怕牺牲的勇士精神是对希特森新生后最高的赞誉。

空间的生产使得作为读者的我们能够透过第三介质解读剧中主人公希特森的精神复活之路，他空间得以构建的本质符合剧作家的创作意图。黑人的奴隶史切实记录了白人以胜利者的姿态占领黑人的社会领土，践踏黑人脆弱的心灵。同时，正是这段历史引发黑人对于自我身份的思考和黑人未来的方向。黑人认可非洲文化，拒绝身份分裂，这是黑人治愈创伤的重要方式。获得精神寄托后的黑人由此才能与白人争夺空间领域的勇气，成为真正的勇士。

第七章　分离·阈限·聚合

——《海洋之珍》中仪式化空间的阐释

　　《海洋之珍》（*Gem of the Ocean*，2003）是奥古斯特·威尔逊《匹兹堡系列剧》中的第九部作品，该剧围绕 1904 年发生在 285 岁的黑人奴隶艾斯特姨妈家中的故事展开。国内外学者大多对《海洋之珍》的文化因素进行评论：国外学者（Shannon，2009；Mahala，2007）关注了该剧中非裔美国人对于非洲传统文化的认同以及艾斯特姨妈作为文化偶像的作用；国内学者（Li，2014；Lv，2014）在神话体系或空间体系的视域下分析了该剧作中的文化意象。除了以上的文化因素外，《海洋之珍》中还存在着大量仪式人物以及仪式活动，形成了多维度、独特的仪式化空间。

　　英国符号人类学家维克多·特纳（Victor Turner）通过对非洲恩丹布地区进行长期的田野研究，得出结论："仪式是一场表演、演出，而不仅仅是条例与准则。"[①]《海洋之珍》中所呈现的黑人食物、黑人音乐、黑人叙事等艺术手法即为仪式的表现手法。此外，法国人类学家阿诺尔德·范热内普（Arnold van Gennep）在《过渡礼仪》

---

① Turner, V. 1981. "Social Dramas and Stories about Them. ". Mitchell W. *On Narrative*. Chicago：University of Chicago Press. p. 160.

（Les Rites de Passage，1909）中认为"过渡礼仪"是"从一境地到另一境地，从一个到另一个（宇宙或社会）世界之过渡仪式进程……并从中进一步分析出分隔礼仪（rites de séparation）、边缘礼仪（rites de marge）以及聚合礼仪（rites d'agrégation）"。① 特纳继承阿诺尔德关于过渡礼仪过程的划分，并认为"每个人的生命经历之中都包含着对结构和交融以及状况和转换的交替性体验"。② 因此，过渡礼仪中的主体，即仪式本体完成了螺旋式上升的改变。

法国思想理论家亨利·列斐伏尔（Henri Lefebvre）在其著作《空间的生产》（The Production of Space，1991）中提出人类实践可以生产空间的观念。这一想法打破了学界长久以来轻视空间的存在及其重要性的局面。因此，空间不再单纯是数学家眼中的抽象概念，而具有生产以及社会的属性。同时，列斐伏尔认为"（社会）空间是（社会）的产物"，③ 社会空间这一概念打破了过去物理空间和精神空间相互断裂的局面，从二元对立发展成三元开放。因此，过渡礼仪作为人类的实践同样可以生产出对应的社会空间——仪式化空间。《海洋之珍》中存在着如艾斯特姨妈的房子、纸船海洋之珍、"白骨之城"等多个可以进行过渡礼仪的仪式化空间。本文将在维克多·特纳的仪式理论以及亨利·列斐伏尔的空间理论框架下解读剧中仪式化空间，阐释仪式化空间的特征和仪式人物的功能，并总结出剧中仪式化空间的主要特征。

---

① ［法］阿诺尔德·范热内普：《过渡礼仪》，张举文译，商务印书馆 2016 年版，第 14 页。

② ［英］维克多·特纳：《仪式过程：结构与反结构》，黄剑波等译，中国人民大学出版社 2016 年版，第 98 页。

③ Lefebvre, H. 1991. *The Production of Space*. Nicholson-Smith D, Trans. Oxford: Blackwell Publishing Ltd. . p. 27.

一、分离：仪式本体象征性的死亡

在《过渡礼仪》中，范热内普认为"分隔礼仪在丧葬仪式中占主要成分"，①丧葬意味着死亡，既有可能是实体的死亡，也有可能是精神的终结，扩展开来就是一种状态或形式的结束。这一观点与特纳的阐释不谋而合："第一个阶段（分离阶段）包含带有象征意义的行为，表现个人或者群体从原有的处境——社会结构里先前所固定的位置，或整体的一种文化状态（称为'旧有形式'），或二者兼有——之中'分离出去'的行为。"②威尔逊在《海洋之珍》中建构的仪式化空间存在于艾斯特姨妈的房子里，属于分隔礼仪，具有典型的分离性。

艾斯特姨妈的房子位于匹兹堡希尔区维利大街1839号。首先，门牌号1839暗指"地下铁路"，"在美国，从18世纪30年代到60年代，地下铁路为黑人奴隶寻找自由提供一个很好的机会"。③因此这一门牌号一方面标志着非裔美国人追求自由解放的历程，另一方面代表着保卫艾斯特姨妈的房子的第一道防线，宣示该空间为自由之地，断绝一切不公平与歧视。其次，这座房子鲜红色的大门同样具有象征意义："既代表非裔美国人对于压迫黑人奴隶的白人的愤怒，又揭示艾斯特姨妈在非裔美国人心中无法替代的地位。"④因此，艾斯特姨妈的房子成为一个仪式化空间，为非裔美国人提供救

---

① ［法］阿诺尔德·范热内普：《过渡礼仪》，张举文译，商务印书馆2016年版，第14页。
② ［法］维克多·特纳：《仪式过程：结构与反结构》，黄剑波等译，中国人民大学出版社2016年版，第98页。
③ Burgan, M. 2006. *Slavery in the Americas*：*The Underground Railroad*. New York：Chelsea House. p. 13.
④ 吕春媚：《奥古斯特·威尔逊〈匹兹堡系列〉中非裔美国人的空间表征研究》，吉林大学出版社2015年版，第117页。

赎，斩断外界的喧嚣，成为非裔美国人的避风港。

艾斯特姨妈（Aunt Ester）作为这部剧中的核心人物，常年深居简出，仅为前来请求帮助的人进行仪式救赎，洗涤他们的灵魂。同时，房子里的其他两个人黑玛丽（Black Mary）以及伊莱（Eli）也不主动与外界联系，专注于房子的管理与守护。三者共同建构与白人世界分离、平等、独立的空间。作为艾斯特姨妈的门徒和女管家，仪式本体黑玛丽是该仪式化空间的继承者和供养者。她与身为当地治安官的哥哥——凯撒·威尔克斯（Caesar Wilks）之间产生了不可调和的矛盾。因为无法改变凯撒已被白人世界同化的现实，所以她毅然割裂与哥哥的亲情关系，投奔艾斯特姨妈，以求自己和哥哥的救赎。黑玛丽在进入这个仪式化空间的同时，就代表其过去身份的死亡以及与以前的生活产生分离。黑玛丽是艾斯特姨妈的女管家，经常出现在厨房里，为来访的客人提供猪脚、玉米面包以及赖马豆等传统黑人食物，这充分反映其对非洲传统文化的继承。此外，艾斯特姨妈意在将传承非洲文化和传统的重任移交给黑玛丽，因此她多次询问黑玛丽，"如果你下定决心，我将把担子交付给你"。[①] 文化需要代代相传才能得以延续。当黑玛丽最终下定决心继承艾斯特姨妈的衣钵，她这个仪式本体才真正与过去的愚昧相脱离，成为非洲传统文化的继承人。

另外一位仪式本体伊莱是该仪式化空间的守护者。他既是艾斯特姨妈房子的看门人，又是其信徒。在《海洋之珍》的开篇他对前来敲门的希特森说："这是一个平静的房子"；[②] 当凯撒试图闯进房子时，他说了相同的话，"这是一个平静的房子"。[③] 一方面，他对

[①] Wilson，A. 2006. *Gem of the Ocean*. New York：Theatre Communications Group. p. 43.

[②] Ibid. p. 7.

[③] Ibid. p. 30.

困惑迷茫的逃难者宣称这里可以为他们提供帮助；另一方面，他对肆意妄为的入侵者呈现出抵制的态度。这样，伊莱将这个房子既定位为非裔美国人的避难所，又定位为消除白人暴力的圣地，因此这一仪式化空间呈现出分离性的特点，使黑人不再从属于白人主导的社会。当外界的人前来寻求帮助或制造麻烦时，只要他们走进这个房间就会被剥去外衣，作为平等的人进行交流。此外，伊莱的空间实践也具有分离性：他通过修葺围墙来守护这个仪式化空间，进而排除来自外界的干扰。作为看门人，伊莱的工作看似普通却意义重大，他的守护成为这个仪式化空间的重要防御。

总之，艾斯特姨妈的房子因其独特的地理位置以及外部结构，在希尔社区成为一个独立的存在；同时，房子的主人艾斯特姨妈作为先知先觉的存在，从始至终运用仪式开导着受惑的非裔美国人，让其摆脱过去的困扰，失掉过去的身份，象征性地丧生，成为仪式本体并进行仪式救赎。因此艾斯特姨妈的房子成为具有分离性的仪式化空间。

二、阈限：仪式本体混沌式的存在

边缘礼仪又可以称为阈限礼仪，是过渡礼仪的第二个阶段。特纳将阈限定义为"两可之间"或者是"模棱两可"，是"从正常状态下的社会行为模式之中分离出来的一段时间和空间"。[①] 在《海洋之珍》中，纸船海洋之珍正具有这一属性。它是一艘由艾斯特姨妈的卖身契叠成的纸船，但手持这艘纸船的人却可以在艾斯特姨妈仪式的指导下进入一个阈限性的空间。285 岁的艾斯特姨妈是奴隶贸易的幸存者，她的卖身契叙述着那段黯淡无光的残暴历史。小哈里·

---

① ［英］维克多·特纳：《仪式过程：结构与反结构》，黄剑波等译，中国人民大学出版社 2006 年版，第 196 页。

埃兰（Harry Elam Jr.）曾给出这样评价："艾斯特姨妈是一个关键人物，斡旋于非洲的过去和非裔美国人的现在之间，同时徘徊于美国基督教义和非洲传统精神性之间。"① 因此，卖身契所建构的纸船海洋之珍也被赋予介乎两者之间的阈限性。手持纸船的人在进行仪式活动时，突破时空的限制，进入现实与过去的夹缝，成为混沌式的存在，重新体验非裔美国先辈的历史。

在艾斯特姨妈的房子这个仪式化空间完成第一个阶段的分隔礼仪后，仪式本体正式脱离了过去的身份与状态，成为一个新的个体，并且由此开始其第二个救赎阶段——阈限礼仪。在《海洋之珍》中，仪式本体希特森·巴洛（Citizen Barlow）因偷了一桶钉子并且导致加勒特·布朗（Garret Brown）受冤溺水而死，他倍感煎熬，所以向艾斯特姨妈寻求帮助。在走进艾斯特姨妈家后，希特森在物理层面上完成了与过去的断裂，但内心仍不能平静。他想通过艾斯特姨妈的洗礼得到救赎，但真正的救赎唯有自救。在该剧作中，当艾斯特姨妈回答黑玛丽为什么要让希特森去寻找"两枚并排放置在地上的便士"以及"一个叫吉尔森·格兰特的男士"时，她说道："这两便士没有什么特别的地方，只有他认为其特别的时候，它们才会变得特别。"② 艾斯特姨妈的话语表明这个空间的主导者是希特森自己。所以接下来的一切仪式活动，虽然有艾斯特姨妈的指导，但是还需要希特森的主动配合才能完成。

希特森的仪式救赎是在艾斯特姨妈、伊莱、索利以及黑玛丽的歌声中展开的。伴着黑人独特的音乐，以及艾斯特姨妈的引导，希特森的意识开始模糊，进入了阈限的仪式化空间纸船海洋之珍，并

① Elam，H. 2006. *The Past as Present in the Drama of August Wilson*. Ann Arbor：University of Michigan Press. p. 184.

② Wilson，A. 2006. *Gem of the Ocean*. New York：Theatre Communications Group. p. 47.

发出这样的呼喊："它动起来了！船动起来了！我可以感觉得到！"①可见黑人音乐在此仪式化空间建构中的作用不容小觑。此外，黑人音乐在这样的阈限空间中也起到镇静剂的作用。例如：艾斯特姨妈在天气糟糕的情形下利用歌声平抚狂风；希特森在航行失败时吟唱摇篮曲等。在《海洋之珍》中，威尔逊大量使用黑人音乐去展现非裔美国人的生活，表达他对非洲传统文化的重视，期盼人们通过黑人音乐全面感知并且接受非裔民族文化。

随着仪式的进行，希特森的混沌感、模糊感也愈来愈强。艾斯特姨妈首先用音乐引导希特森开始了虚幻之旅，让他模糊了现实与想象的差别，成为混沌的存在，进入阈限性仪式化空间。接下来，艾斯特姨妈继续引导希特森走下船舱，"如果你看到一些台阶，就可以继续向甲板走下去"。② 船舱的底部指涉非裔美国人所处的低贱的社会地位。只有清楚自己现在所处的空间（美国白人所主导的空间），他才有勇气去摧毁这个空间，从而建立自己的生存空间。当希特森发现有许多人（面容也与他一般）像他一样处于被铁链束缚的境地，他因为害怕这种不真实的感觉而惊慌了，扔掉了艾斯特姨妈告诉他不要放弃的纸船。希特森的行为表明他第一次自我认同以及自我仪式化空间建构的失败。在阈限阶段，仪式本体"处于没有名字的状态"。③ 希特森这个名字在英文中是"公民"的意思，暗指全部的非裔美国人，他们像希特森一样处于迷茫、模糊的状态。

由艾斯特姨妈的卖身契叠成的纸船海洋之珍蕴含着无尽的历史，是具有典型阈限性的仪式化空间。此空间如同旋涡一般把前来救赎的非裔美国人吸入其中，让他们成为仪式本体并体验祖辈所经历的

---

① Ibid. p. 65.

② Ibid.

③ ［英］维克多·特纳：《仪式过程：结构与反结构》，黄剑波等译，中国人民大学出版社2006年版，第103页。

一切。他们如同婴儿般孕育，等待重生。

三、聚合：仪式本体重生式的回归

过渡礼仪的最后一个阶段是聚合礼仪，指"仪式本体重新聚合或者重新并入的阶段"。① 在《海洋之珍》中，"白骨之城"这一仪式化空间集中体现这一特征的仪式化空间。关于"白骨之城"，剧作中这样描述道："它只有半英里乘半英里，但却是一座城。它是由骨头建造的，全部是白花花的骨头……它是世界的中心。"② 梅琳达・威尔逊（Melinda Wilson）曾评述："这（白骨之城）是由那些在大西洋中央航线无法生还以及在美国种族歧视下选择死亡的非洲人所建造与守卫的，这座城是由人的骨架构成的。"③ 因此，黑人叙事被赋予到"白骨之城"中，它仿佛是非裔美国人用自己的尸骨为后辈人讲述过往的故事，既象征着他们宁可赴死也不愿意苟活的信念，又代表着他们重获力量、赢得新生的天堂。由此，"白骨之城"成为最后一个仪式化空间，让仪式本体最终重生并回归新的生活。

当仪式本体希特森乘坐纸船海洋之珍来到"白骨之城"时，便开始了仪式的最后一个阶段，这也是自我仪式化空间建构的成功与否的关键阶段。由索利扮演的守门人呈现出冤死的加勒特的面貌，在最后阶段，希特森需要面对自己的内心。值得一提的是，加勒特宁愿选择溺死水中，也不愿苟且于世，这再一次印证非裔美国人崇尚真理与自由的信念。当希特森可以直面他所犯下的错误时，他也就明白他的父辈们宁可化为白骨，也要建造自由之地的决心。因此，

---

① 　Ibid. p. 95.
② 　Wilson, A. 2006. *Gem of the Ocean*. New York：Theatre Communications Group. p. 52.
③ 　Wilson, M. 2003. Gem of the Ocean by August Wilson. *Theatre Journal*. 55（4）. p. 728 – 729.

他走进"白骨之城",正如仪式本体重新回归到祖辈的母体中去,完成了自我的重生,也建构起自我的仪式化空间。在这一空间内,除希特森获得救赎、完成思想转变外,加勒特的作用也同样不可忽视。一方面,他作为殉道者,守护了自己的清白;另一方面,作为守门人,他以德报怨,帮助希特森完成救赎,代表了非裔美国人的民族情结。所以仪式化空间"白骨之城"是每一个非裔美国人最终追求的理想之地。

希特森先乘坐纸船海洋之珍去体验先辈的艰辛历程,继而在"白骨之城"与先辈聚合,完成了自我救赎以及自我仪式化空间的建构。但他意识到同种族的许多人还处于压迫之中,他需要帮助他们走出困境。在《海洋之珍》中,索利通过地下铁路获得了人身自由,但他补充道:"我的妈妈和其他所有人还处于束缚中,我获得自由却感觉不到自由。"① 所以真正的自由是整个民族的解放。这个事业因为索利的去世,移交到了希特森的肩上。戏剧的最后一幕,希特森脱下了他的大衣,穿上了索利的大衣,戴上了索利的帽子,成为索利的继任者。如同文化需要代代相传,民族事业也需要辈辈相接。黑玛丽和希特森这两位非裔美国人年轻一代的代表,在空间内聚合,前者将接替艾斯特姨妈的衣钵去传递更多非裔民族文化;后者也将继续索利的事业为更多非裔美国人的重生与自由而奋斗。

此外,仪式化空间的聚合性不仅仅体现于戏剧本身,而且还体现于剧作与观众(读者)之间。戏剧最初衍生于仪式,被看作是一种形式的仪式,表演的过程构建起一个仪式化空间。同时,演员和观众构成一个社区共同体,演员所进行的表演感染观众,使其身临其境、感同身受。因此,《海洋之珍》中非裔美国人的传统文化的观念和自由平等的信念也随仪式化空间进行扩散,既让非裔美国人产

---

① Wilson, A. 2006. *Gem of the Ocean.* New York: Theatre Communications Group. p. 57.

生共鸣，又联动美国白人的内心，让其尊重他族文化。

　　仪式化空间"白骨之城"是由非裔美国人的尸骨建造的，具有强烈的死亡仪式感。但仪式本体却能在其中经历浴火重生的体验，因为只有真正接近于死亡，才能感受到生存的美好。在此空间内，受惑的非裔美国人实现了与先辈的会合，获得自我的重生，勇敢地去承接自由的事业。

　　综上所述，剧作家威尔逊在《海洋之珍》中建构多维度的仪式化空间。从整体看来，这些仪式化空间具有分离、阈限以及聚合的特点，符合过渡仪式的框架：仪式本体通过经历象征性的死亡、混沌式的存在以及回归式的重生这一系列过程，实现了自我的升华。非裔美国人在此过程中得到心灵的救赎以及思想的转变，重耀昔日传统，重塑自我身份，最终重获生存勇气。同时，威尔逊也通过在剧中构建仪式化空间来强调非洲传统文化的重要地位，倡导非裔美国人从本民族的文化遗产以及根源中寻求生存之道。

第八章　外延和内涵的融合

——《廉价汽车站》中的社会空间

　　奥古斯特·威尔逊是当代美国剧坛杰出的剧作家，并被认为是当代唯一能与尤金·奥尼尔（Eugene O'Nell）、田纳西·威廉斯（Tennessee Williams）和阿瑟·米勒（Arthur Miller）这些戏剧大师相提并论的非裔美国剧作家。值得一提的是，不同于其他非裔作家，威尔逊的作品中白人多是后台人物，并未真正出现在舞台上，与宣传剧中经常出现的极端性的白人恶魔形象大相径庭。他的《匹兹堡系列剧》（1982－2003），几乎包揽了美国戏剧界的所有大奖，此系列涵盖了十部剧作，讲述了20世纪非裔美国人长达百年的成长史，呈现了剧作家对非裔美国人在北方社会中的生存空间，表达了剧作家对非裔美国人文化身份的关注。本章讨论的是该系列剧中以20世纪70年代为背景的《廉价汽车站》（Jitney，1982），桑德拉·G·香农（Sandra G. Shannon）认为这部剧作"标志着威尔逊个人和职业生涯旅途的开始"。① 这部作品的艺术手法虽然与后来名声大噪的《钢琴课》（The Piano Lessen）相比略微逊色，但威尔逊对《廉价汽车

---

① Little, Jonathan. 2011. *Twentieth-Century American Dramatists: Second Series*. New York: Gale Research. p. 228.

站》背景的构建却着实下了番苦功夫。

　　威尔逊把剧中所有人物的社会活动框定在出租车站这个密闭的空间里，绘制了20世纪70年代非裔美国人真实的生存背景及生存状态，空间性在这部作品中起到了不可忽视的作用。列斐伏尔认为社会空间不是存在于其他事物中的一个事物，也不是存在于其他产品中的一个产品，它包含了被生产出来的事物，囊括了它们在共存和共时中的相互关系，即它们的相对秩序或相对无序。① 匹兹堡希尔区（Hill District）这个社会空间见证了剧中各色人物的喜怒哀乐。一战后，匹兹堡的钢铁工业用工量加大，大量非裔美国人从南方迁移到这里，因此，从历史上讲这座城市具有空间隔离性，它对空间性和历史性的各种表征都具备生动性和共存性，设置在匹兹堡的廉价出租车站的密闭空间也继承了这种性质。该剧中的出租车站即将被拆除，社会空间即将被动摇，权力即将被重组，就像福柯所认为的"空间并非社会关系演变的静止容器，而是社会关系的产物，它产生于有目的的社会实践"。② 而后索雅又汲取了列斐伏尔、福柯及后殖民主义等洞见，倡导"三维辩证法"的思考方式，突出人类生活的历史性、社会性和空间性。本章运用列斐伏尔及索雅的空间理论，从社会空间的状态、空间主体以及两者之间的关系三个角度，解读剧中主要人物的身份建构，对在以白人为主导的社会空间里，非裔美国人竭尽全力谋求自身发展的艰难过程进一步剖析，探究社会空间对于非裔美国人的发展所起到的重要意义与作用。

---

① Lefebvre, Henri. 1991. *The Production of Space*. Translated by Donald Nicholson-Smith. London: Blackwell Publishers. p. 66.

② 包亚明：《现代性与空间的生产》，上海教育出版社2003年版，第62页。

一、隔离的社会空间

　　空间布局是城市建设和发展过程中自然形成的，但城市空间内部住宅的集中和隔离现象的形成本身受到很多制度性的约束。20世纪70年代匹兹堡大量非裔美国人口的居住方式仍然是传统意义上与白人的互相隔离，尽管那时的公共交通已有了很大的发展，但仍不能改变非裔美国人之间互相依赖的局面。人们居于一定的社会空间会形成一定的个人地方感，并由此形成留在共同地方的倾向，或者比较一致的惯习，惯习暗含了"对自己所在地方的感觉"和"对他人地方的感觉"，空间的有限性使得它能够在劳动的分工和地域性生产的分布上起到作用。① 剧中的出租车站相当于一个小型的非裔社区，"地板磨损了很多年岁；墙壁上的油漆不断脱落；墙壁后上方悬挂了块儿标记车站规则的黑板，黑板下方搁置着一布沙发；墙壁前方挂有公用电话；左边是壁炉；右边是入口……"② 这里有着供他们日常生活所需的所有设施，尽管这是一种不同于私人空间的公共空间，但这公共空间却带有封闭属性，是隔离性的，空间属性会影响人们的行为，因此它使得空间内部的人们及其行为更加受到空间和纪律的约束。

　　个人在普遍生活中无法做到忽视地域的限制，人们往返于固定的工作场所和居住空间，并在一定空间内和他人进行交互。③ 剧中主要角色均是非裔美国人，偶尔有白人出现的情节也只是用于激化矛盾、推动故事发展，仅仅出现在人物的对话当中。大多非裔美国

---

① ［法］布迪厄：《国家精英：名牌大学与群体精神》，杨亚平译，商务印书馆2004年版，第4页。

② Wilson, August. 2003. *Jitney*. New York：The Overlook Press. p. 2.

③ ［英］多琳·马西：《劳动的空间分工：社会结构与生产地理学》，北京师范大学出版社2010年版，第210页。

人被人为地隔离到一个空间内，很少与白人发生联系。威尔逊曾在访谈中说："我所有的戏剧都是政治性的，但我试图让它们显得不那么耽于说教以及辩论。戏剧不必非得是煽动宣传。"① 威尔逊没有在剧中一直强调白人是恶魔，煽动非裔起来对抗，而是当空间主体逐渐得知车站即将被拆除时，他们便开始向车站经营者——德高望重且极富责任心的贝克（Becker）寻求解决办法。出租车站作为社会空间的一个缩影被隔离起来，作为城市发展的代价，非裔美国人的生存环境还要继续被破坏、被牺牲。这种隔离的空间使得主体又经历了一番失望和幻灭，而四处弥漫的迷茫情绪也正是 70 年代越战结束后大多数非裔美国人的真实写照，他们是被历史遗留的、遗忘的，只有在战争时期他们才会被白人主动记起，他们甚至不知道自己从哪儿来、要到哪儿去。②

空间中群体流动的可能性与社会分化存在深刻的关系，一般来说，群体流动性越强，社会分化程度越低，反之亦然。③ 正因剧中的空间具有隔离性，因此群体流动性较弱，社会分化程度也更高。空间主体大都是男性，希利（Shealy）把车站当作赌博场地与大家一起娱乐，至此可以发现这些生活在社会底端的人群只能一直做些摇号、司机、骗子以及面粉厂工人之类辛苦却得不到尊重的工作，因为隔离孤立，空间主体的上升渠道即改变现有阶层的收效微乎其微。然而，这些生活构成的物质景观不能单纯地看作是用身体感受生活经历的，④ 在《廉价汽车站》中，物质空间在展现客观外在环

---

① Savran, D. 2006. "August Wilson." Jackson R. Bryer & Mary C. Hartig. *Conversations with August Wilson*. Jackson：University press of Mississippi. p. 37.

② Wilson, August. 2003. *Jitney*. New York：The Overlook Press. p. 65.

③ ［德］齐美尔：《社会学：关于社会化形成的研究》，华夏出版社 2002 年版，第 106 页。

④ Lefebvre, Henri. 1991. *The Production of Space*. Translated by Donald Nicholson-Smith. London：Blackwell Publishers. p. 40.

境的同时，还承载了复杂的深刻寓意：出租车站既是非裔美国人赚钱谋生的必要场所，同时也是他们互相安慰、抱团取暖、短暂性逃离以白人为主导地位的家园港湾。它一方面为社会变迁提供发生场所，另一方面也遮蔽和固化了变迁过程中社会封层、权利冲突、利益争夺等社会问题，但以推进平等参与和正义秩序为目标而建构的社会空间，来取代阶层与纯粹金钱权力之地的斗争，从来没有停歇。

二、互抗的空间主体

《廉价汽车站》中的非裔美国人尽管因历史、社会原因，抱团生活在同一个空间内，但他们实际的生活态度和价值观还是迥然不同的。这些大多被迫从事一些以出卖劳动力为主要工作的非裔美国人，大致可以划分为两种群体：一种是以杨布拉德（Youngblood）为代表的依旧相信美国梦，想要通过奋斗来实现理想，对未来充满信心的希望者，另一种则是以菲尔丁（Fielding）为代表的已对社会无感，只愿随波逐流与社会妥协的放弃者。

每个人都占据一定的空间，对于特定的空间具备一定的归属感，对不同区域的主导地位显示了性别的权利关系。作者以不长的篇幅讲述了以各种性格为代表的人物故事。剧中的人物名字别有一番寓意，如 Youngblood 这个希望者意译过来是"年轻的血液"，作者使用如此简单直白的暗示，告诉读者杨布拉德是这个社区的新鲜血液。他戒掉了种种不良嗜好，每天早出晚归，努力做兼职、打零工，却被爱管闲事的特伯（Turnbo）当作是暗地与妻子的姐姐暗通款曲，随后向瑞娜（Rena）打小报告，被妻子当面质问后，才解除误会，重归于好。一方面，空间主体的行为和思想塑造着其生活的空间；另一方面，空间主体生活于其中的集体性和社会性生产出更大的空间和场所，并反过来影响其行为和思想。非裔美国人的社区使得内部的消息在空间里流转速度加快，改变着空间主体对事物的原有认知，瑞娜先前只是对丈夫的行为感到奇怪，然而特伯却口无遮拦，准确无误地告诉她自己丈夫出轨了。这样一来，整个空间就被打破了，原本是瑞娜自己的事情现在却扩大化了，而后便有了精彩的对峙。由买房开始，整个事件争论的中心转变为人们是否会改变自己对固有事物的态度和看法，跳脱经验之外来认识改变后的人和事。

本剧中最大的空间主体矛盾冲突是放弃者贝克和希望者布斯特（Booster）这对父子之间的争执。尽管布斯特是在剧本后半部分中才出现，但其作为推动剧情发展的重要人物是必不可少的。在监狱待了20年的他直到戏剧中篇才在车站人们的对话中隐约凸显。出狱后的他与父亲的对话显然是整部剧中最出彩的部分，威尔逊正是通过这种代入性的写作手法，使得读者自觉地参与进戏剧角色得以发散思考，而不至于感觉被生搬硬套地教化，产生反感排斥的情绪。贝克一直认为儿子不该因谎言杀人，建议儿子采取法律手段捍卫自由，因为自由地活着也是一种责任。然而布斯特认为自己是个战士，他铲除了对自己满怀恶意的白人，对其而言是一种胜利。从不同的角度看待同一事件，使得原本的亲人感情不和，正因为两人代表的是两种不同的文化理念。布斯特在道路的尽头上被警察带走，被保释的当天就枪杀了说谎的女孩来反击，这里的尽头代表着郊区，象征着一种年轻的蓬勃发展的文化，但这种文化太极端、暴力，因此才会被抑制，导致他不得不入狱为这种莽撞行为负责。父亲的折中则代表着一种传统的文化——克己奉公、中规中矩。很难具体说明谁对谁错，谁好谁坏，因为在戏剧的最后，贝克因磨坊里的一场事故去世了，这或许是威尔逊在暗示空间主体在遵循传统的基础上也要适时地顺应时代谋发展，在历史向前的车轮中不应太过谨言慎行、如履薄冰。最终，布斯特拿起话筒的瞬间，也意味着他接管出租车站接下来的事物，父子最终达成了和解，也代表着两种文化的互融。

三、互为作用力的社会空间与空间主体

列斐伏尔认为："控制生产的群体也控制着空间的生产并进而控制着社会关系的再生产。"① 也就是说，社会空间是人的一种认识、创造和生成，具有历史、社会和实践的属性。社会空间作为一个整体，已经成为生产关系再生产的所在地，必定带有消费主义的特征，所以空间把消费主义关系的形式投射到全部的日常生活之中。住房已经不单单是单纯意义上的房子，而是一种消费符号语言，它并不完全指代对应的功能和品质，更多体现的与档次、品位相关。杨布拉德选择了一处位于山区的房子，同在这里购房的还有建筑工人，由此暗示出了黑人的生活水平以及社会地位。出租车站这个社会空间是非裔美国人先占据的，其他人想要介入就必须和先占者进行互动，这样的互动可能是交换、强占或者暴力冲突，此时空间的排他性使社会行动得以可能。空间主体得知车站空间将要被拆除时，先是表现恐慌，继而决定开会集体表决用什么方式解决空间被打破后出现的问题。社会问题是由于空间布局导致的或者在很大程度上是由于空间布局影响的，如居住隔离、工作隔离导致的社会冷漠，可以通过制度设置进行调整，使得贫富交叉居住、工作，有效地打破隔离状态，从而加速空间主体与另一空间主体的互融，增强其认同感。

社会空间的形态在一定程度上影响了空间主体的行为。20世纪70年代出租车站的兴起从侧面反映了城市空间的扩大，也就是所谓的都市大爆炸，卡斯特尔曾经使用"疯狂的城市"来定义两次大战之后被巩固的新兴城市，以此对高度不稳定的都市空间进行阐释和

---

① Ibid. p. 86.

说明，这些城市与郊区相连，沿途形成了一个城市带，这正是都市空间的汇聚，没有明确的中心与边缘的界限，多元文化在此混杂共存，因此不同的文化就在这里碰撞。① 尽管出租车站看起来是开放的空间，但实际上却是相对而言的，对于非裔美国人群体而言空间是开放的，他们在空间内自由自主，但对其他空间主体而言，出租车站的空间就是隔离的、封闭的。群体占据的地理位置和工作岗位决定了其交往环境和交往人群。隔离的空间也使得空间主体的行为变得无力反抗。尽管没有对菲尔丁一行主体进行太多背景描述，但从对话中可以发现这些人要么沉迷酒精，要么不务正业，要么爱好赌博，他们没有自己的理想和追求，只是把该剧中车站空间当作最后的慰藉，在听到空间即将被拆除时，都表现出了深深的绝望。实质上这群空间主体的反应是典型的处在白人主导地位的社会中非裔美国人应有的反应，其在战后的发展中最终选择了不作为。

同时，空间主体的价值观和行为也反作用于空间的形态。车站空间即将被破坏，对此空间主体的反应与行动并非一致。在这个空间里，出租车司机们有着相同的价值体系，拥有相同的文化背景，但却还是不断争执和吵闹。这就表明原先共享的价值观已经开始失去它的约束力了，一些空间主体已经开始吸收外围的空间文化。非裔美国人利用空间聚集而形成团结的力量，资本却利用空间流动性避开这种团结，作为削弱非裔美国人的抵制的策略。城市虽然伴随着经济发展不断壮大，但并不意味着它是单一地朝着线性的方向继续下去，很容易可以看到各种城市病问题也日益凸显。历史上黑人由于战争逃离到北方，但他们在此生根发芽却没有获得当地的认同感，反而觉得南方才是属于他们的唯一归属地，但由于个人的文化

---

① Castells，W. 1981. "Towards a Political Urban Sociology." *New Perspectives in Urban Change and Conflict*. New York：St Martin's Press. p. 64.

限定不同，也就导致了矛盾的产生。就像威尔逊本人所说的那样，"戏里的各个细节是黑人的，但文化的共同性确是戏里更大的现实，比如父与子、夫与妻之间的冲突，所有这些东西都具有普遍性"。①车站面临被拆除的风险就是城市要扩大日益增长的人口用地。隔离的空间被打破之后就有机会真正融入当地社会，不再有疏离感，使得其本身的隔离空间变得相对开放，真正使得黑白一家亲。

正如亨利·刘易斯·盖茨（Henry Louis Gates）所说，威尔逊的成就之一就是呈现出被隔离的黑人世界中白人的模糊存在状态，他们看起来不见踪影，感觉上却无处不在。出租车站空间破除计划是白人政府的决定，这一意象从一开始就存在，却一直到结局也未开展，但由此引出的空间与主体间的关系却在剧中一一展现。这群由南方迁移到北方继而安营扎寨的非裔群体，就像"流亡起源于一种古老的放逐习惯。一旦被放逐，流亡者便会永远带着作为一个局外人的烙印，过着不寻常的悲惨生活……就流亡而言，它更多地带有孤独和在精神上放逐的意味"② 那样，他们只能在不断变化的社会空间中，寻找着不同文化的平衡点，最终由被排挤被压缩而达成和解，只有这样，非裔美国人才能真正找到属于自己安身立命的身份以及落脚点，从而提高自己的生活质量并进而获得满足感。

---

① Moyers, B. 2006. "August Wilson: Playwright." Jackson R. Bryer & Mary C. Hartig. *Conversations with August Wilson: Playwright.* Jackson: University Press of Mississippi. p. 75.

② Said, W. Edward. 2000. *Reflection on Exile and Other Essay.* Massachusetts: Harvard University Press. p. 128.

第九章　打破空间的宰制

——《廉价汽车站》的空间建构

奥古斯特·威尔逊在《匹兹堡系列剧》中通过成功塑造一批非裔美国人的典型形象，真实地反映了非裔美国人的生活境遇和生存状态。《廉价汽车站》作为其戏剧生涯的开篇之作，被赋予了威尔逊鲜明的情感色彩以及其与众不同的戏剧使命。本章试图从列式空间理论的视角对《廉价汽车站》中人物的身份建构进行解读，运用列斐伏尔在其著作《空间的生产》中提出的物理空间、精神空间等概念，探究物理空间对非裔美国人追求和传承自我身份所起到的作用以及非裔美国人对构建自我身份的探寻和重塑。

一、物理空间——构建非裔美国人生活的真实图景

文学作品中的物理空间指的是外界客观存在的物质景观以及人们生存的外在环境，是感知的、物质的空间。① 《廉价汽车站》中的物理空间在展现非裔美国人的客观生活环境的同时，还被赋予了更

---

① Wegner, P. E. 2002. "Spatial Criticism: Critical Geography, Space, Place and Textuality." *Introducing Criticism at the 21ˢᵗ Century*. Ed. Wolfreys, J. Edinburgh: Edinburgh University Press. p. 182.

深刻的含义。《廉价汽车站》中有两个主要的现实空间，即汽车站以及汽车站所在的城市，匹兹堡市。前者作为舞台背景，是一种直观的、可见的空间；后者在舞台上并未直观地呈现，但却作为全剧的大背景存在，是剧中人物流动的真实空间。因此，前者是后者的组成部分。

《廉价汽车站》一开始就设定了剧中人物的活动场所，特别提到了其为顾客服务应遵守的"贝克守则"。贝克也提到，创建汽车站的目标就是"为整个社区提供服务"。① 贝克的设想是基本符合非裔美国人应追求的理想人格目标，但遗憾的是，廉价汽车站的伙计们并没有真正履行守则：他们无法忍受等待，拒载从菜市场回来的大妈。直到该剧接近尾声，小伙子们赖以生存的汽车站即将被拆毁时，他们才真正醒悟，围坐在一起倾听贝克的部署安排，一起想办法去维护汽车站的存在，并试图寻求自己在社会中应扮演的角色以及应承担的义务，进而实现非裔美国人自我身份的回归与重塑。在《廉价汽车站》中，七个不同社会背景的人物在汽车站里相识相知，彼此的命运也相互联结。廉价汽车站不再是一个普通的经营场所，而是展示非裔美国人生活和文化的物理景观。

除了作为舞台布景的汽车站，未呈现在舞台上却作为社会背景存在的匹兹堡市是威尔逊在《廉价汽车站》以及《匹兹堡系列剧》中其他剧作的物理空间。故事发生在黑人民权运动和非裔美国人权力运动都偃旗息鼓的 1977 年。值得一提的是，威尔逊年轻时亲历了这两场运动，并在思想上更倾向于激进的非裔美国人民族主义思想。但当他在 1980 年创作《廉价汽车站》并反思这场非裔美国人运动时，他认为它们"在一定程度上对社会整体有所影响，但并没触及

---

① Wilson, A. 1979. *Jitney*. New York：Plume. p. 3.

到那些仅仅还在为活着挣扎的普通人"。① 相反，城市改建和十年喧嚣动荡更能给普通非裔美国人的生活带来深刻的改变与影响。"城市改建"工程始于 20 世纪 50 年代。在这场项目中，匹兹堡的部分地区获得了很好的发展，但非裔美国人的聚集区却没能重获新生。威尔逊也在剧中多次提到"他们要将整个街区用木板围住，将它撕成碎片"。② 非裔美国人社区作为非裔美国人共同的家园，保存着民族的历史和文化。当自己的家园即将瓦解之时，非裔美国人守护家园的精神也逐渐觉醒。

总之，无论是主人公们朝夕相处的廉价汽车站，亦或是非裔美国人赖以生存的匹兹堡市，《廉价汽车站》物理空间的建构不仅是非裔美国人生活的真实图景，而且为读者和观众呈现了非裔美国人的生存现状和社会身份地位，揭示汽车站不同成员的身份价值追求，唤起非裔美国人的精神觉醒。

二、心理空间——构建自我身份的空间实践

心理空间是人物的内心世界，为空间实践想象出了各种新的意义和可能性，是人们为寻求自我身份价值而构建的精神寄托。心理空间受物理空间的影响。在自我身份价值探寻与重构的过程中，难免会有偏执的极端人物出现。《廉价汽车站》中的费尔默，就是一个典型的例子。身为酒店门卫的他，不止一次强调"我已经在那工作了六年，六年来我从未请过一天的假，也从未迟到早退过"。③ 与汽车站的伙计们一样，费尔默也从事着社会最底层的工作。而当被问

---

① Pettengill, R. 2000. *August Wilson*: *A Casebook*. Ed. Marilyn Elkins. New York: Garland Publishing Inc. p. 243.

② Wilson, A. 1979. *Jitney*. New York: Plume. p. 36.

③ Ibid. p. 56.

及他的住所时，他会毫不犹豫地说道："任何人都会知道我住在哪里，我就住在弗兰克斯通的酒吧上面。"① 可以看出，费尔默极度渴望跻身白人的上层社会，渴望自己的社会地位和身份价值得到认可。但可悲的是，费尔默的内心仍旧是被束缚着的，他的命运也不会因为所处的高贵居所而得到彻底改变。与此相反，布拉德也渴望自己的身份价值能够被妻子认可。他期待着送给妻子惊喜的那一刻，妻子能认同他的努力。最终，妻子肯定了布拉德为这个家所做出的奉献，和丈夫和好如初。自此，布拉德完成了自我价值的回归与重塑，并成功地重构了自己所处的家庭地位和社会地位。产生这两种截然不同的结局，是因为布拉德能够真正地通过自己的不懈努力，产生真正的自信，构建坚实的心理空间，而费尔默只是停滞不前，原地踏步，未能真正找到自信，从而构建起自己的身份。

虽然剧中的一些角色到最后也未能实现身份的回归与重塑，但庆幸的是，大部分的角色都在一次次挫折中艰难地构建起了自己独有的身份价值。剧中的核心人物贝克，不仅是汽车站的直接领导者，而且也是带领非裔美国人进行身份价值建构的指路人。面对汽车站不复存在的事实，他召集了伙计们，一起商讨出了两条可行的解决办法。首先就是诉诸法律。贝克没有像大多数非裔美国人一样忍气吞声，而是试图采取法律手段维护自己的利益。这表明在白人掌握话语权的社会，非裔美国公民要想获得公平待遇，不能只靠暴力，还要依靠法律手段对自己的既得利益进行保护。只有通过合法斗争，才能真正为非裔美国人社会构建起自我身份价值。另一方面，贝克提倡自己设立的服务准则，一心服务社区的每一位公民。这样的服务精神也折射出非裔美国人所具备的良好品质。然而，戏剧性的一幕发生了。贝克在去往工厂的路上遭遇车祸不幸身亡，这让刚刚燃

---

① Ibid.

起希望的廉价汽车站又一次的濒临绝境。虽然领导这场身份价值建构运动的领导者不在了，但是汽车站的伙计们并没有因此一蹶不振，他们在商讨之后，各自都有了新的目标，相信即使不能够再次聚集在一起生活，但是贝克曾经指引的方向依旧充满光亮。他们为了构建生存空间进行着积极的空间拓展。

布斯特与父亲贝克的父子关系是矛盾的。他虽对父亲憎恶甚至仇恨，然而时过境迁之后表现出对父辈的认同。布斯特曾经认为父亲是一个了不起的男人，因为所有人都会以自己正直的父亲为榜样。直到有一次，布斯特看到父亲因交不起房租被房东兰德先生羞辱，父亲未能反驳。顿时，对父亲的极度崇拜灰飞烟灭，布斯特认为那一刻的父亲是那么渺小，那样微不足道。布斯特暗自告诉自己，不能让任何事让自己变得那般渺小，像父亲一样。这样的想法深深地埋藏在心底，直到它走向极端化为恶果，布斯特也还是认为自己所塑造的身份价值并没错，错在父亲。而当自己真正失去父亲时，布斯特才真正理解了父亲，也愿意重塑曾经扭曲了的身份价值观念。该剧的结局足以说明："我为我的老父亲骄傲，我为我是贝克的儿子而自豪。"说完，他拿起电话，应道"汽车服务"。① 这段话充分证明儿子已经认同了父亲的身份价值观，并接下父亲的接力棒，让父亲的生命以另一种方式延续，让非裔美国人的伟大精神得以延续。

处在物理空间的压制下，心理空间的压抑感让非裔美国人不断寻求自我身份的重新塑造。《廉价汽车站》中的心理空间是威尔逊引领当代非裔美国人构建自我身份的寻根之旅，而集体主义在非裔美国人身份重构中扮演着至关重要的角色。

《廉价汽车站》用简短的篇幅向世人展示了20世纪70年代非裔美国人生活的真实图景，并为读者和观众构建了多重空间。每一个

① Ibid. p. 90.

空间维度都是探寻主人公们自我身份建构的绝佳视角。从物理空间、心理空间解读威尔逊的这部作品的空间建构，探讨文本空间和现实空间的关系，有助于深刻理解当代非裔美国剧作家对非裔美国人生活的深刻思考和对人类生存状况的深切关注。物理空间是非裔美国人生存的真实空间，体现了传承身份价值所起到的深刻作用；而心理空间则是反映非裔美国人的心理活动变化，并带着特有的民族文化价值观念。威尔逊的《廉价汽车站》对于其他受压迫和歧视的民族打破空间宰制、寻求独立、构建自我空间和获得民族权利具有一定的启示作用。

第十章 自决·自尊·自卫

——《两列火车飞奔》中的政治空间

　　威尔逊的戏剧是宣传其政治立场的平台。他的大多数戏剧创作于 20 世纪八九十年代，反映了美国黑人民权运动的价值观和期望以及威尔逊年轻时参加运动的抱负。威尔逊希望借其剧作来改变非裔美国人的生活状况。《两列火车飞奔》（*Two Trains Running*，1990）就是这样一部政治剧，威尔逊将社会和政治环境作为该剧的大背景，建构了黑人民族主义的政治空间。设置在 1969 年的《两列火车飞奔》对威尔逊有着特殊意义，因为那一年威尔逊本人正投身于黑人民权运动。他承认自己是一位政治艺术家："所有的艺术都是具有政治性的。我也是具有勇士精神的。自从第一位非洲人踏上北美大陆以后，非裔美国人就开始了证明自己价值和存在意义的斗争。"[1] 他坦诚地表明他的作品具有政治性，并认为其剧作的目的在于为白人"提供一种重新看待非裔美国人的视角"。[2] 威尔逊评论家也认为其剧作具有丰富的政治含义。

[1] Rosen, Carol. 1996. "August Wilson: Bard of the Blues." *Theater Week*. 27 May. p. 31.

[2] Lyons, Bonnie. 1999. "An Interview with August Wilson." *Contemporary Literature*. 40. 2. p. 2.

《两列火车飞奔》讲述了 1969 年非裔美国人的故事。20 世纪 60 年代，种族冲突和越战造成了社会的动荡不安。匹兹堡市希尔区一家小餐馆里的非裔美国人不断挣扎以适应瞬息万变的社会。从这部剧开始，威尔逊笔下的人物就在追寻自我意义和自我价值，并逐渐接受 20 世纪 60 年代的"自爱"理念。

政治空间是政策制定和学术研究领域的重要概念。列斐伏尔在其著作《空间与政治》中表明空间是统治阶级实现统治目的的工具："空间不是一个被意识形态或者政治扭曲了的科学对象，它一直都是政治性、战略性的。"① 列斐伏尔认为政治与空间之间的耦合关系在于空间既是政治斗争的场所，又是其目的。因此，空间配置必须服从并服务于统治阶级的意图。

威尔逊的《两列火车飞奔》是一部以种族政治为核心的剧作。剧作家将空间作为政治运动的场域。再现了 20 世纪 60 年代白人政治权力空间化的过程。剧作家采用"窗户框架手法"（window framing device）和"高谈阔论"（loud speaking）两种艺术手段，巧妙将非裔美国人所遭受的不同形式的种族歧视以及黑人社区日益恶化的暴力冲突展现在舞台之上。除了运用艺术手法将黑白种族关系投射于舞台空间，威尔逊还在其建构的政治空间内塑造了众多"勇士"群体，面对充满白人霸权意识形态的政治空间，他们通过黑人民权运动来改造受压迫的空间，打破空间对他们生存状况的宰制，实现空间拓展，以期建立独立的政治空间。整部作品再现了非裔美国人在空间实践的过程中，从寄期望于白人到自我决定的变化历程，体现了威尔逊的政治立场：民族自决是非裔美国人构建政治空间、获得

---

① Lefebvre, Henry. 2009. "Reflections on the Politics of Space." *State*, *Space*, *World*: *Selected Essays*. Ed. Neil Brenner and Stuart Elden. Minneapolis: University of Minnesota Press. p. 170.

政治权力的最有效途径。

一、画中有画："窗户框架手法"

《两列火车飞奔》呈现了 20 世纪 60 年代非裔美国人的政治困境。经济上的剥削和政治权力的不平等分配促使他们重新考虑政治危机并要求建立新的政治空间。威尔逊采用他一贯使用的舞台内外空间交替的戏剧空间建构手法：通过舞台内空间渲染舞台气氛，通过舞台外空间反映人物所处的社会背景。

该剧的舞台内空间设置在匹兹堡市希尔区的一家非裔美国人经营的家庭餐馆里，借此来反映 20 世纪 60 年代非裔美国人的生活空间。饭店菜单上简单的饭菜和不充沛的供应体现了非裔美国人的生活窘境。在这个非裔美国人经营的餐馆里，人来人往，有的是来喝杯咖啡，有的是来八卦街上发生的事情，还有的是在此讨论政治话题。这是一个非裔美国人分享音乐、生意和生活经历的自由空间，这也是一个为走投无路的人提供庇护之所的空间。在这里，他们追溯祖先历史、畅谈非裔美国文化。希尔区见证了一群根植于非洲、在美国寻梦、拼搏的非裔美国人成长的历程。然而，随着剧情的发展，观众了解到由于匹兹堡市市政改造工程，这个餐馆将面临拆迁。对于非裔美国人而言，这个局面并不足为奇，因为他们一直生活在白人主导的社会里，早已熟悉这个受白人摆布的空间。这家餐馆生意的结束意味着北方黑人社区的瓦解和终结。

在《两列火车飞奔》中，经济剥削和不平等的政治权力划分敦促非裔美国人开始重新审视政治危机并诉求新的政治空间。和《篱笆》相似，该剧中舞台内空间和舞台外空间的并置有效地呈现出 20 世纪 60 年代非裔美国人陷入的政治困境。与《篱笆》不同的是，在这部剧里，威尔逊运用了传统戏剧手段——"窗户框架手法"（window framing device）将舞台内空间（餐馆内）和舞台外空间（街道上）紧密连接在一起，构建了戏剧的中心。该叙事手法是通过"窗户"使一个故事内嵌于另一个故事。内嵌的故事成为戏剧主题展示的焦点。汉娜·丝考妮可芙（Hanna Scolnicov）认为："窗户是房子前面的一个开口，是舞台内空间和外空间得以沟通的渠道。"① 《两列火车飞奔》中餐馆里的人通过窗户可以看到街道以及其他街道上的其他商铺，他们一边观察外部黑白世界里发生的事情，一边探讨如何面对外部世界里充斥的暴力行径和失业窘境。有两件有意义的事件同时发生在餐馆外：一件是人们计划为纪念已故马尔西姆而举行的集会，另一件事是人们聚集在殡仪馆的外面悼念一位被认为是先知的牧师。因此，窗户为建构舞台空间提供了新的可能：将不可见的舞台外空间呈现在舞台之上。如第一幕第二场，伍尔夫和墨菲斯站在窗口大声讨论着窗外发生的事情。剧作家通过"窗户框架手法"成功地将墨菲斯餐馆延展到室外，将剧情复杂化，构建出不同的图示情景，创建了剧中剧。舞台上其他人物和观众看着伍尔夫和墨菲斯演戏，而他们两人看着发生在街上的另一出戏。"窗户框架手法"击碎了存在于演员和观众之间的社会以及建筑的障碍，将所有的参与者变为看戏的观众，而且赋予每个人一个角色。威尔逊的目的在于让在场的观众（白人和黑人观众）在目睹非裔美国人翰博的悲惨遭遇之后，进行有意识的反思并会在自己的生活中采取相应的行为。这种戏剧手法在戏剧表演和社会之间形成连带关系，揭露了白人剥夺非裔美国人自由权力和利用空间将政治权力实体化的现实，进而引发另一层面中观众对相应问题的深度思考。

---

① Scolnicov，Hanna. 1994. *Woman's Theatrical Space.* Cambridge：Cambridge University Press. p. 62.

二、话里有话："高谈阔论"的艺术手法

除了舞台内空间,威尔逊还积极地创建了舞台外空间,使之成为政治空间的表现方式。列斐伏尔认为:"物理方式可以用来界定空间,如动物运用气味或者人类使用视觉或听觉的指示物来划定空间。"① 在《两列火车飞奔》中,舞台上没有过多的动作,空间性主要是通过人物话语和舞台上的符号来建构的。这样,舞台空间就被赋予了重要的象征含义。正如列斐伏尔所说:空间的活动受制于空间。② 空间主体的行为由空间所决定,同样,他们的言语也反映了其所在空间的特点。

"高谈阔论"就是威尔逊在剧中创建舞台外空间的重要艺术手法,再现了白人政治权力空间化的过程。小亨利·路易斯·盖茨(Henry Louis Gates Jr.)在《意指的猴子:一个非裔美国文学批评理论》一书中介绍了这种间接言语行为:"说者和听者高声交谈,意在说给第三方。这种行为得以成功实施的标志是:第三方听后气愤地对说话人说:'你说什么!'而说话人却答道:'我也没跟你说话啊!'"③ 例如,当豪罗威在舞台上向墨菲斯高声发表黑人根本找不到工作的言论时,不仅舞台上其他人物能清楚听到他的倾诉,而且剧场里的白人观众也能听到这段独白。这种类似指桑骂槐的修辞策略以微妙的方式将成千上万非裔美国人几百年来所遭受的种族歧视清晰地展示在观众(尤其是白人观众)面前。与此同时,非裔美国

---

① Lefebvre, Henry. 2009. "Reflections on the Politics of Space." *State*, *Space*, *World*: *Selected Essays*. Ed. Neil Brenner and Stuart Elden. Minneapolis: University of Minnesota Press. p. 141.

② Ibid. p. 143.

③ Gates, Henry Louis, Jr. 1988. *The Signifying Monkey*: *A Theory of Afro-American Literary Criticism*. New York and Oxford: Oxford University Press. p. 82.

人渴望打破禁锢空间、重新配置空间权力关系的愿望也在舞台上跃然呈现。这种高谈阔论的言语方式有助于建构舞台外空间。通过被动的投射，威尔逊不仅让观众产生了共情，而且展现了作为少数民族的非裔美国人在美国的悲惨境遇。

剧中人物的高谈阔论揭示了非裔美国人不断要求空间扩张的两个重要因素。首先，他们是忽略他们存在的经济、社会、政治体制的受害者。在剧中，威尔逊描述了非裔美国人遭受的不公平对待。因为城市规划，墨菲斯的餐馆即将被拆迁。作为生意人，他完全理解城市规划的需要，但是却无法接受政府给予的低廉的拆迁费用。餐馆是墨菲斯余生的寄托，所以他期望能够获得更高的价钱来养家糊口。他兢兢业业，餐馆凝聚着他三十年来的心血和付出。威尔逊用墨菲斯的例子来表明非裔美国人所遭受的不公平待遇，种族歧视在一步一步剥夺和蚕食他们的空间。

剧中白人性和经济的结合激发了非裔美国人进行空间扩展。威尔逊通过剧中人物的"高谈阔论"指涉白人性。所有的白人角色都是舞台外的具体人物：拥有希尔区最多房产的家具店店主哈兹伯格（Hartzberger），助唱机的经营者扎尼利（Zanelli），总是向墨菲斯许诺换一台新的助唱机，但从未兑现承诺；卢兹（Lutz）许诺给翰博一块火腿但也从未兑现。从剧中非裔美国人的对话中可以了解到舞台外其他形形色色的白人角色，他们拥有至高无上的权力和堆金积玉的生活，而非裔美国人却处于贫穷、失业和暴力的恶性循环之中，承受着白人的霸权统治。为了控制空间并保存经济上的特权，白人限制着非裔美国人的发展机会。列斐伏尔认为空间的表征是"任何社会的主导空间"。① 从剧中非裔美国人的话语中可以发现在 20 世

---

① Lefebvre, Henry. 1991. *The Production of Space*. Trans. Donald Nicholson-Smith. Oxford：Blackwell Publishing Ltd. p. 39.

纪 60 年代的美国，白人在社会实践和政治实践中扮演着重要角色，他们的思想意识形态决定着他们在社会中的空间实践。此外，"空间能够使经济和政治有机结合在一起"。① 威尔逊在剧中呈现出非裔美国生意人所面对的困难。一是和白人之间的竞争。当白人意识到非裔美国人的经济实力时，他们就恶意地将商铺建在非裔美国人的商铺旁边。通过挤压非裔美国人的产业，白人试图在经济空间内获得完全的主控权。此外，银行、政府等机构和部门也在不断排斥和驱逐非裔美国企业家。"空间是经济活动的产物，同时也能延伸至政治领域和战略空间。"② 所有这些障碍激起非裔美国人的愤怒，并引发他们争夺自己经济和政治空间的战斗。

另一件揭露白人在空间争夺战中占据主导地位的事件是翰博的悲惨经历。豪罗威和墨菲斯叙述了翰博的经历：白人肉店老板卢兹雇佣翰博来给栅栏刷油漆，他们达成协议，栅栏刷好了后翰博会得到一块火腿。翰博非常努力，出色地完成了工作，但是卢兹却拒绝兑现之前的承诺。接下来的十年间，翰博只会说两句话："我要我的火腿！""他会把火腿给我的！"每天早上他都在卢兹的店门口等候，然而卢兹却忽视他的存在，拒绝给他火腿。卢兹拒绝兑现承诺实际上是对翰博实施操控。

三、同中有异："勇士"群体的塑造手法

威尔逊将《两列火车飞奔》的背景设置在黑人民权运动风起云涌的 20 世纪 60 年代，这是一个非裔美国人寻求政治诉求的动荡年代。约翰·F·肯尼迪（John F. Kennedy）、马丁·路德·金（Martin Luther King）和马尔科姆·X（Malcolm X）在这一动荡年代先后遇

---

① Ibid. p. 321.
② Ibid. p. 84.

害。20 世纪 60 年代中期，很多黑人组织和团体纷纷对黑人运动方向表明怀疑，开始抨击马丁·路德·金及其非暴力不抵抗运动。他们坚信白人不会在基督教教义的基础上对黑人的诉求做出任何反应。因此，黑人民权运动应时而生。美国黑人集体呼吁反对种族不平等。

《两辆火车飞奔》中的人物通过积极的空间实践来争取政治、经济和社会平等权利，以期实现空间扩张。黑人民族主义是他们寻求空间扩张的主要途径。威尔逊在其 1996 年的演讲《我的立场》中指出："自决、自尊和自卫是黑人民族主义的核心观点。"① 他不仅将马丁·路德·金和马尔科姆·X 等黑人民权运动领袖作为剧中有影响力的人物，而且还塑造了一批深受民权运动思想影响的人物：斯德林大胆表达追求黑人权力和自决的愿望；翰博公开挑战白人权力；瑞莎通过自残控诉白人的罪行；墨菲斯为黑人尊严而抗争。这些具有勇士精神的人物反映了 20 世纪 60 年代非裔美国人为争取民权、反对种族歧视所进行的空间实践和不懈努力。

黑人民权运动的核心概念是自决。为了以黑人的视角观察世界，黑人必须摒弃长久以来操控他们、对他们造成影响的白人价值观和意识形态。黑人民权运动有力助推了黑人剧院、黑人艺术、黑人政治和黑人经济等领域的发展。马尔科姆·X 是这场运动的领袖。与马丁·路德·金不同，他认为依靠政府来解决黑人的问题是不可能的。他曾在 1964 年表明："美国政府不是一个民主的政府，也不是一个能够代表民众意愿的政府。"② 他认为只有现存政治体系发生根本的变革，黑人的民主权利和自由才有可能得到保障。玛丽·弗朗西斯·百利（Mary Frances Berry）和约翰·W·布莱西格姆（John

---

① Wilson, August. 1996. "The Ground on Which I Stand." *American Theatre*. 13. 7. p. 14.

② Alkalimat, Abdul, et al. 1986. *Introduction to Afro-American Studies: A people's College Primer*. Chicago: Twenty-First Century Books. p. 260.

W. Blassingame）更加直接、清晰地诠释了马尔科姆的政治态度：
"革命必须流血……革命就是要推翻现有的体制。"① 马尔科姆的革
命性的黑人民族主义观在 20 世纪 60 年代得到了大众的支持。

作为一部政治主题鲜明的剧作，马丁·路德·金和马尔科姆·X
是《两列火车飞奔》中最有影响力的领袖。剧中人物对黑人民权运
动各持己见，展现出与威尔逊其他剧作中的人物不同的风貌。面对
经济剥削和种族压迫，他们积极投身于政治斗争中，采取不同的空
间实践策略来实现政治空间的扩展。

黑人民族主义的核心就是黑人政治、经济和文化的自治，这一
观念在《两列火车飞奔》中得到了充分的体现。列斐伏尔认为：
"阶级斗争印刻在空间上。"② 当非裔美国人意识到在这场斗争中，
他们的空间已经所剩无几时，他们就做好采取行动扩展空间的决定。
首先，剧中人物通过正面对抗白人来追求黑人政治自治权。非裔美
国人第一次勇敢挑战欺骗他们的白人。威尔逊通过刻画了翰博这一
角色来证明马丁·路德·金和马尔科姆·X 的孰是孰非。十年来，
翰博一直采取非暴力方式来争取他的权益。尽管他为此而丧命，但
是他勇敢挑战白人权威，为自己权利而战的行为却值得称赞。"翰博
属于威尔逊塑造的'疯子'形象，他的癫疯有其个人意义和文化意
义：既限制其行为，又赋予其力量。"③ 翰博的死不仅激发斯德林奋
勇前行，完成翰博未竟的事业，而且促使整个非裔美国群体团结在
一起。

① Berry, Mary Fances, and John W. Blassingame. 1982. *Long Memory*：*The Black Experience in America*. New York：Oxford up. p. 417.

② Lefebvre, Henry. 1991. *The Production of Space*. Trans. Donald Nicholson-Smith. Oxford：Blackwell Publishing Ltd. p. 55.

③ Elam, Harry J. Jr. 2003. "August Wilson, Doubling, Madness, and Modern African-American Drama." *Modern Drama*：*Defining the Field*. Ed. Rick Knowles et al. Toronto：University of Toronto Press. p. 173.

　　斯德林是非裔美国人群体中敢于表达支持"黑人力量"和黑人自决的代表。他是黑人民族主义的代表。从监狱出来后，他试图找到一份合适的工作，但却四处碰壁。被逼无奈，他决定要通过反抗社会不公平待遇来成为自己命运的主人。他虽然同情翰博的悲惨遭遇，但却不赞成其做法。在黑人民权运动的影响下，他试图向翰博传递黑人民权运动的观点。他反复地告知翰博"黑人是美丽的"，直至最终翰博能够清晰地说出"团结则存，分裂则亡"的话语。斯德林的不懈努力证明了黑人将要拿回属于他们自己的东西的决心和勇气。"斯德林的行为使翰博得到救赎、重获新生。"① 斯德林是一个具有行动力的人，他通过行动来捍卫翰博应得到的公正。这部剧最终是以斯德林的话语和行动结束，这清楚地表明了威尔逊的政治态度。斯德林砸碎商店橱窗的玻璃，为翰博偷了一块火腿。然后他闯进饭店，"脸上和手上都是血。笑着把火腿放在柜台上。"说道："维斯特先生，把这个放进翰博的棺材里。"② 斯德林最后的行为表明非裔美国人将不再像以前那样等在美国社会的大门外，幻想着白人施舍给他们火腿。威尔逊通过斯德林最终的暴力行为向观众传递行动胜于言语的信息。"对斯德林而言，抢银行并不是暴力行为，而是高尚的英雄之举，是对抗白人社会施舍行为的举动。"③ 评论家帕米拉·莫诺克（Pamela Monaco）也表示能够理解斯德林的暴力行为："当斯德林跑上舞台的时候……我们目睹了他的变化，从寻求自我强大到寻求家庭认同感的变化。他身上的血迹象征着净化的过程，

---

① Shannon, Sandra G. 1993. "Blues, History, and Dramaturgy: An Interview with August Wilson." *African Review*. 27. 4. p. 552.

② Wilson, August. 1993. *Two Trains Running*. New York: Plume. p. 110.

③ Dworkin, Norine. 1990. "Blood on the Tracks." *American Theater*. p. 8.

因为他已经意识到他愿意为同胞做出牺牲。"①

《两列火车飞奔》与威尔逊以往剧作最大的不同在于在这部剧中，非裔美国人最终是通过暴力行为来实现空间的扩张，他们愿意为事业流血牺牲，这充分反映了詹姆斯·鲍德温（James Baldwin）对威尔逊的深刻影响。他曾在一次访谈中承认自己创作的目的就是要响应鲍德温的号召，要将非裔美国人的价值观在舞台上具象化。② 在《两列火车飞奔》中，威尔逊采用了社会激进主义最常采用的暴力行为。列斐伏尔曾在《空间的生产》中将暴力比喻为政治经济空间生产的助产士。③ "只有通过暴力行为，技术的、人口的、经济的和社会的可能性才能得以实现。"④ 通过采取暴力行为，斯德林证实了非裔美国人珍视的价值观：领袖精神、责任和义务。与此同时，威尔逊的政治态度更加不言自明：非裔美国人必须要直接对抗种族压迫，只有这样，他们才能在美国获得一席之地。同马尔科姆·X的观点一致，威尔逊也认为制度的改变只有通过流血才能实现。斯德林最终血迹斑斑的出场就标志着非裔美国人愿意为自己的事业流血牺牲的决心，斯德林的暴力行为将引发改变社会现状的革命行为。

作为剧中唯一的女性角色，瑞莎通过自残的行为定义自我。瑞莎相貌出众，但她却用刀片毁掉了自己的容貌，借此将那些图谋不轨者拒之门外。她的暴力行为不仅是在男性面前重新定义自我的方式，而且也是警告周围人不要对她使用暴力的血的声明。威尔逊曾

① Monaco, Pamela Jean. 1994. "Father, Son, and Holy Ghost—From the Local to the Mythical in August Wilson." *August Wilson*: *A Casebook*. Ed. Marilyn Elkins. New York: Garland Publishing, Inc. p. 100.

② Anderson, Addell. 1993. "August Wilson." *Contemporary Dramatists*. Ed. K. A. Berney. Washington, D. C. : St. James Press. p. 718.

③ Lefebvre, Henry. 1991. *The Production of Space*. Trans. Donald Nicholson-Smith. Oxford: Blackwell Publishing Ltd. p. 279.

④ Ibid. p. 280.

在访谈中肯定了瑞莎的行为："瑞莎并未遵循社会中女性角色的基本规范。因此我认为她的行为是积极的……我认为这是充满斗志的表现。不论赢输，这是一种如同《钢琴课》中博伊·威利同死神搏斗一般的斗志。"① 威尔逊在另一次访谈中再次评价了瑞莎的暴力行为："困扰男性和女性的一个问题是自我界定：女性会用与男性不同的方式定义自我。瑞莎周围的男性看中的是她的身体，然而瑞莎腿上的伤疤就是否定男性行为，自我定义的一种方式。"② 瑞莎代表着非裔美国女性的不懈努力，她们在白人和男性双重压迫的空间里不断反抗。瑞莎的行为也能够体现剧作家的政治态度：人应该靠自己来决定命运，而不是靠他人来决定。通过自残的行为，瑞莎告诉身边的男性她有能力来定义自己，来为自我决定而抗争。

在这部剧中，为了在禁锢的空间里生存，剧中其他的人物也采用不同的策略来扩展空间。在经济自治权方面，非裔美国人发展了黑人自主经营的产业。墨菲斯是一家家庭式餐馆的老板。对于他而言，所有权比经济利益更为重要。被白人种族歧视者赶出家乡后，他移居至匹兹堡市。靠博彩赢得了一笔钱，购买了一家餐馆。建立自己的企业给他在经济和政治上带来了一定的权力。当市政部门的房屋重建计划影响到他的餐馆时，他拒绝了政府部门提供的低价补偿，而是通过雇佣白人律师从政府部门得到了自己预计的赔款。墨菲斯的经历证明："生存和成功来源于实现自我价值和了解白人制定的规则。"③ 作为一个靠自己力量成功的人，墨菲斯凭借努力、勤

① Lyons，Bonnie. 1999. "An Interview with August Wilson." *Contemporary Literature*. 40. 2. p. 10.

② Grant，Nathan L. 2006. "Men，Women and Culture：A Conversation with August Wilson." *Conversations with August Wilson*. Ed. Jackson R. Bryer and Mary C. Hartig. Jackson：University of Mississippi Press. p. 211.

③ Booker，Margaret. 2003. *Lillian Hellman and August Wilson：Dramatizing a New American Identity*. New York：Peter Lang. p. 56.

奋、坚持和诚实与所处空间不断抗争，他通过改变白人霸权制度来实现自己的人生目标，通过拥有自己的产业来确保自我独立。在剧中，他清楚地表达了自己的政治立场："人生来就是自由的。这自由是靠自己来维系的。人生来就是有尊严的。"① 他充分意识到在这不公平的空间里若想获得自由、尊严和自我价值，就必须不断地进行抗争。他反对黑人权力运动空洞的口号，对他而言，暴力是非裔美国人不断进步不可或缺的要素。就像是他在剧中所言："在这个年代没有枪什么都做不了。"② 墨菲斯名字的含义是"埃及的神"，威尔逊赋予这个角色潜在的力量。墨菲斯在南方有未竟的事业，他需要通过从白人手中获取土地来维系他的骄傲和自尊。他计划在中央大街开一个完全由黑人经营的更大的餐馆，这样他能够为更多的黑人提供工作机会。墨菲斯回到南方是非常有意义的空间迁移，象征着他为生存和自我设定而做出的不懈努力。这一空间迁移也为非裔美国人的生存和进步提供了更美好的远景。威尔逊认为墨菲斯是"一个有道德和正义感的勇士。他代表着和白人抗争并最终获得胜利的黑人企业家"。③ 墨菲斯意识到空间是"资本主义的生产方式"，他努力建立能够成为"经济政治工具"的空间。④

新的政治空间的产生需要在非裔美国人中产生新的社会关系。列斐伏尔认为："在空间实践中，社会关系的再生产是至关重要的。"⑤ 在《两列火车飞奔》中，观众目睹了新的社会关系的产生，非裔美国人之间形成了更为紧密的社会关系。"尽管墨菲斯餐馆里的

---

① Wilson, August. 1993. *Two Trains Running*. New York：Plume. p. 27.

② Ibid. p. 10.

③ Blanchard, Jayne M. 1993. "An August Tradition." *St. Paul Pioneer Press.* 4 May. p. 10 F.

④ Lefebvre, Henry. 1991. *The Production of Space.* Trans. Donald Nicholson-Smith. Oxford：Blackwell Publishing Ltd. p. 129.

⑤ Ibid. p. 50.

顾客们并未有任何血缘关系，但是他们却因为社区归属感而紧密地团结在一起。"① 非裔美国人的空间争夺战并不是一个人的战斗。当斯坦利想要找工作时，伍尔夫、墨菲斯和好罗威都给他提出了建设性的意见；当他谈到囊中羞涩时，没有人质疑他是否能够为自己点的饭菜买单；当瑞莎看到翰博食不果腹时，就主动照顾他并为他提供食物。在这家简陋的餐馆里，每人都愿意为社区做出贡献。就像斯坦利教育翰博那样，他们清楚"团结则存，分裂则亡"的道理，同心并力建构属于非裔美国人的空间。这种新型社会关系投射于空间，形成了新的政治空间。

在新型的政治空间里，尽管黑人民权运动并未在黑人社区产生政权的变化，但却极大地提高了非裔美国人的参政意识和政治参与，同时给非裔美国人思想意识形态带来了翻天覆地的变化，帮助他们形成了全新的自我认识和社会认识。他们力图通过夺回原本属于他们的东西来扩展政治空间。在剧中，翰博、斯德林、瑞莎和墨菲斯的共同之处在于他们都在为捍卫自我认同感和尊严、为赢得尊重和独立、为获得政治空间的控制权而不懈地斗争着。他们在双重标准的体制中苦苦找寻着公平和正义。在黑人民族主义的鼓舞下，威尔逊笔下的人物通过积极的空间实践来战胜主流文化的压迫。剧作家在该剧中建构的政治空间所形成的革命精神与其著名演讲《我的立场》中的观点完全一致。威尔逊的"勇士们"愿意为正义而流血献身。威尔逊主张通过暴力革命来反抗剥削者的压迫。暴力是一种政治工具。《两列火车飞奔》中人物的成长也代表着剧作家政治态度在不断走向成熟。

---

① Monaco, Pamela Jean. 1994. "Father, Son, and Holy Ghost—From the Local to the Mythical in August Wilson." *August Wilson*: *A Casebook*. Ed. Marilyn Elkins. New York: Garland Publishing, Inc. p. 98.

在《两列火车飞奔》一剧中，威尔逊通过"剧中剧"和"高谈阔论"的艺术手法塑造了翰博、斯德林、瑞莎、墨菲斯等一系列非裔美国人物，他们经历了从毫无缚鸡之力的弱势群体发展成为拥有一席之地的独立群体的蜕变过程。这些人物积极的空间实践不仅成功构建了非裔美国人自我决定的政治空间，而且反映了剧作家威尔逊的政治立场。

第十一章　空间的重塑与记忆的传承

——《匹兹堡系列剧》中的历史空间建构

作为第二次世界大战后美国最重要的戏剧家之一，奥古斯特·威尔逊自 20 世纪 80 年代以来，就以其卓越的文学成就蜚声文坛。他用了二十多年的时间创作了十部剧本，分别对应 20 世纪的每个十年，组成了《匹兹堡系列》。这一系列剧将非裔美国人近四百年的历史以隐喻的手法浓缩在整个 20 世纪中，通过戏剧舞台史诗般地呈现在观众面前。威尔逊在其剧作中，利用充满了具有涵指意义的符号建构了 20 世纪非裔美国人的历史空间。在这一历史空间内，他再现了非裔美国人的苦难历史和现状，展现了非裔美国文化传统，揭示了非裔美国人与其历史和文化保持密切联系的必要性。

一、布景道具符号

威尔逊在其剧作中运用具有特殊涵指意义的布景道具符号构建历史空间。曾经获得普利策奖等多项戏剧大奖的名剧《篱笆》讲述了一位黑人清洁工人特洛伊的奋斗故事。他在白人主导的社会空间里备受排挤，饱受歧视，但仍然不屈不挠地为爱、为尊严、为维护黑人的文化遗产而斗争。于贝斯菲尔德在《戏剧符号学》中把布景物体的作用分为三类：一是"出现在说明文字中的物体，可以是有用的，如果表现做饭，得有一个炉子"；另一类是"客体的布景物体，作为图像和迹象，它既指向历史又指向绘画"；第三类是"象征的物体，其主要功能是修辞。它表现为某一现实的（心理或社会文化的）换喻或隐喻。在这种情况下组成能指系统"。① 篱笆作为该剧中最为重要的布景道具，主要表现了于贝斯菲尔德所说的第三类布景道具的作用，构建了具有深刻隐喻的历史空间。特洛伊父子修建篱笆的场景贯穿于整部剧，主人公特洛伊的生活变化也是围绕着修建篱笆这一场景而展开的。篱笆是产生距离感和隔阂的隐喻。对于主人公特洛伊来说，父亲在他心目中就是一个恶魔，他立志成为一个与父亲完全相反的人。他爱自己的妻子和孩子，努力承担作为丈夫和父亲的责任。但是他无法忍受家庭空间对他的完全束缚。为了寻找一个宣泄的出口，他有了婚外情，破坏了婚姻的承诺，与妻子萝丝产生了隔阂。由于所处时代背景的不同，父亲在他心目中留下的阴影和自己年轻时代所遭遇的种族歧视使他与两个儿子之间也产生了不可调和的矛盾。为了保护后代免受他曾经遭遇的痛苦，他反对大儿子追求音乐的梦想，也阻挠小儿子加入棒球队，最终两个儿子都逃离了他的生活。他与所有的家人之间都产生了一道无法逾越的藩篱。

此外，篱笆的另一层历史隐喻代表着黑人与白人的种族隔离。尽管在法律上白人和黑人拥有平等的权利，但是在 20 世纪 50 年代的美国，种族歧视仍然无所不在。在白人主导的社会空间里，黑人完全被边缘化。特洛伊虽然具有得天独厚的体育才能，但他无法享受同白人一样的权力，无法成为体育明星，只能从事卑微的清洁工

---

① ［法］于贝斯菲尔德：《戏剧符号学》，宫宝荣译，中国戏剧出版社 2004 年版，第 156 页。

作。在种族歧视的社会空间内，迈克森一家并未向生活屈服，而是不屈不挠地为争取平等权利进行抗争。剧中，在迈克森一家和谐的歌舞声中，存在于几代人之间的篱笆轰然倒塌。后代的自我防御之篱因对父辈的理解，对非裔美国历史和文化伤痛深刻认识的基础上被悄然拆除。威尔逊通过篱笆这个舞台布景成功重现了历史上 20 世纪 50 年代的非裔美国人所经历的伤痛。

　　和《篱笆》中的篱笆符号一样，《钢琴课》中的钢琴符号同样是构建非裔美国人历史空间的重要舞台布景。在这部剧中，舞台上摆放着一架具有 137 年历史的立式钢琴，钢琴上雕刻着非洲风格的图腾像。剧中的主要冲突就是因为姐弟二人对钢琴的不同态度而产生的。这架钢琴不仅仅是一个家族的遗产，而且是一段家族历史的记载。多克讲述了这架钢琴所承载的历史。这架钢琴是萨特的祖父买给其妻子奥菲莉小姐的周年纪念礼物，因为他当时没有足够的钱，所以他就用一个成年奴隶和一个未成年奴隶，也就是多克的祖母和多克的父亲，交换了这件乐器。起初奥菲利亚非常高兴和喜爱这架钢琴，但是后来她开始怀念自己的奴隶，想把他们换回来，遭到了对方的拒绝，因此她一病不起。于是萨特让多克的祖父把妻子和孩子的脸都雕刻到钢琴上。多克的祖父是一位技艺高超的工匠，他不仅把现在的家人，而且把自己的母亲、父亲和家族历史的种种景象都雕刻到钢琴上。伯妮斯和威利的父亲对这架钢琴像着了魔似的，他认为只要萨特家族拥有这架钢琴，他们家族就永远摆脱不了奴隶的身份。于是他们把钢琴偷了回来。这架钢琴记载了他们的祖先作为奴隶的历史，也表明他们的祖先受到过奴隶制的压迫。而且更值得注意的是偷盗钢琴的日期正是独立日。这次偷盗事件标志的历史的重写，也标志他们开始真正地摆脱压迫实现了黑人的独立自主。这架钢琴不再只是一件物品，而是一件图腾，是一个家族的精神支柱。威尔逊借用这个重要戏剧物体叙述了一个非裔美国家族的历史。

　　威尔逊的《七把吉他》同样运用了乐器作为历史符号。七把吉他就像剧中的七个人物，他们都在为自己的生活努力地弹奏着属于自己的音乐。剧中的道具——公鸡符号也具有深刻的历史隐喻。在不发达的南方，公鸡是一种报时工具。然而剧中的公鸡却出现在生活发达的北方，每天早上不合时宜地叫着。公鸡符号是美国黑人从南方来到了不属于他们的繁华的北方的历史隐喻。他们受到白人的剥削，在白人眼里他们的生命无足轻重。对于美国黑人来说作为一个农民生活在南方比生活在北方大城市更适合他们，弗洛伊德的悲剧就证明了这一点。弗洛伊德在即将成功的时候却失去了享受这种成功的机会。吉他符号和公鸡符号展现了在白人占主导地位的社会中，非裔美国人一直以来所遭受的痛苦挣扎与迷失。

　　哈德莱杀死公鸡的一幕更具有历史隐喻性，这是起源于非洲西部的一种万物有灵论的宗教仪式，通过杀死家禽来进行祭拜。这是具有返祖现象的一个仪式，这一幕为非裔美国人的觉醒敲响了警钟，他们在北方的工厂中做着最艰辛的工作，却拿着最少的报酬。因此他们需要团结起来进行抗争，争取更好的福利待遇，要同白人一样享有同等的权利。剧作家通过形形色色的戏剧符号将非裔美国人丰富的历史文化底蕴和20世纪非裔美国人面临的历史空间格局生动地展现出来。

二、人物名字符号

　　在《戏剧符号学》中于贝斯菲尔德提到人物可以通过名字在文本层次实现戏剧化，而名字又可以分为两类：一是"已经符码化的人物、古典戏剧中的小生或仆人的名字"；二是"已经通过历史或传说而广为人知、且仅由这一参照便已经戏剧化了的人物"。① 威尔逊在其剧作中通过运用具有隐含意义的人物名字，重塑了非裔美国人的历史空间，构建了空间重塑下非裔美国人的记忆传承。

《篱笆》中特洛伊的姓"Maxson"是融合了 Mason and Dixon，即梅生·迪克逊分界线，这是 1820 年将农奴州与废奴州分开的一条设想的线。特洛伊的名字具有深刻的历史隐喻。他生活在两种不同经济文化的碰撞之中，一边是落后的南方奴隶制种植园经济，一边是高度发达的北方工业化经济。他的生活经历也是从落后的南方来到北方，他渴望成为一个棒球明星，但是由于白人没有给他同等的机会和权力，所以他最终没有实现自己的梦想。在遭受各种历史的和现实的伤痛之后，非裔美国人并没有被现实的社会环境所击垮，而是继续努力与各种社会不公进行抗争，勇于承担责任，努力实现作为一个黑人的社会价值。特洛伊的弟弟加百利的名字也同样具有深刻的历史隐喻。这个名字会让人联想到美国反抗奴隶制的领导人——加百利，他于 1800 年夏天在弗吉尼亚策划领导了非洲奴隶进行反抗，此次反抗被政府军队镇压，加百利后来也被绞刑。作者用这个名字来隐喻美国黑人一直在为追求同等的权力而做出的努力。

空间是承载人类历史活动的关系场域。威尔逊通过在剧作中赋予戏剧人物隐喻化的名字，将非裔美国人不同阶段的历史记忆以历史空间的形态展现在读者和观众面前。

三、音乐符号

威尔逊巧妙地将音乐作为符号运用到他的戏剧中。音乐被认为是戏剧不可或缺的元素。它烘托戏剧气氛，更重要的是它可以揭示

---

① Ibid. p. 116.

人物的情感和思想。布鲁斯音乐贯穿在威尔逊的系列剧中，这些剧从不同的侧面展示了布鲁斯音乐的深刻历史隐喻及其对于非裔美国人生存所具有的重要价值，同时也将过去、现在和未来交织在一起，构建了非裔美国人的历史空间。对于剧中人物而言，布鲁斯音乐既是他们共同交流的工具，也是美国黑人在经历各种伤痛后治愈创伤的工具。通过布鲁斯音乐，他们将心底的伤痛诉说出来，赋予生活以新的目的和希望。布鲁斯音乐起源于非洲，在17世纪被非洲人带到美国，在那时数以百万的非洲人被运输到美国作为奴隶。他们被奴隶主像动物一样对待，在这种极端痛苦的环境下，他们释放身体和心灵上压力的唯一方法就是唱歌。布鲁斯是他们真实生活的写照，反射了他们作为奴隶的艰辛、坚持和自尊。也体现了他们为争取自由而进行的抗争，这种抗争充满泪水与艰辛。通过布鲁斯音乐，美国黑人可以把他们的历史和精神一代一代传承下去。布鲁斯可以看作是美国黑人的一种文化表达，是美国黑人的根和灵魂，也是黑人抵御社会不公的最有力的力量。威尔逊认为布鲁斯有教化和联系功能，它"联系着黑人的过去和现在，现在和将来"。① 《篱笆》的最后一幕，是非常感人的。科里和他同父异母的妹妹一起唱起那首他们祖父和父亲经常唱的布鲁斯《蓝狗》，这首承载着整个家族灵魂的音乐使他们融合在了一起，歌声中三代人达成和解消除了所有隔阂。考锐最终原谅和理解了父亲。整个家族团结在了一起，甚至整个黑人社区也团结在一起。为整个黑人社区打开了一扇构建新的自我的希望之门。

威尔逊的《钢琴课》中也运用了大量的布鲁斯音乐。该剧以布鲁斯音乐家斯基普·詹姆士的歌词"轧我的棉花/卖我的种子/给我

---

① Plum, Jay. 1993. "Blues, History, and the Dramaturgy of August Wilson." *African American Review.* 3（2）. p. 561.

的宝贝/她需要的东西"为开头。① 布鲁斯音乐具有极强的历史隐喻，威尔逊用音乐的形式将一个家族的历史进行编码。这段歌词是一种用音乐符号写成的文字，唤起了人们对于奴隶制人类肉体交易的回忆。因此，音乐将承载着家庭苦难的遗物进行了编码。后两句也表达了威利想成为农场主的梦想。尽管遭受各种苦难，仍然坚强不屈，对生活充满希望。

威尔逊用承载历史信息的音乐符号建构了非裔美国人的历史空间，真实呈现了 20 世纪非裔美国人的历史，将逐渐消失在人们记忆里的非裔美国文化传承下去。

四、服装符号

不同于日常生活中的服饰，戏剧中的服装具有其表达功能。作为一种外在化的表现形式，服装在提示戏剧背景信息、展示人物身份、塑造和反映人物性格方面起着十分重要的作用。因此，从这个意义上来说，服装在戏剧中起着符号的功能，它可以揭示人物心情的变化、推动情节的发展，建构历史的空间。

在《钢琴课》中莱曼的服装就有深刻的历史隐喻，把莱曼的性格刻画得淋漓尽致。威利将他的西服和一双皮鞋卖给了莱曼，并向他保证这件西服会对女人产生神奇的效力。这个服装符号成功地展现出莱曼单纯、天真的人物性格：他期望他这套具有"魔力"的服装可以给他带来好运，让女人对他产生好感。这套西服也成功地指涉 20 世纪 30 年代众多非裔美国人离开南方家园，来到高度发达的北方，试图寻找生存机遇的真实历史。

《莱尼大妈的黑臀舞》中李维的鞋子这一服装符号也具有强烈的

---

① Wilson, August. 1996. *Fences.* New York：Plume. p. 1.

历史隐喻性。这双价格不菲的新鞋既象征着李维对未来美好生活的向往，也代表着他与其他非裔美国人完全不同的价值观和文化观。在剧终时，李维的乐队同伴特雷多不小心踩到了他的新鞋，李维拔刀相向，捅死了特雷多。此时被踩脏的新鞋象征着李维渴望成功的梦想瞬间灰飞烟灭。他被莱尼大妈解雇，更令他始料不及的是，从一开始就答应帮助他录制唱片的白人经理突然翻脸食言。他改变生活的梦想彻底破灭。李维的鞋子一方面代表着 20 世纪 20 年代非裔美国人备受歧视的屈辱历史，另一方面反映了非裔美国人种族内部的矛盾。

在《海洋之珍》的最后一幕中，巴洛脱下了他的大衣，穿上了索利的大衣，戴上了索利的帽子，这里的服装符号也具有深刻的历史隐喻性。巴洛就像一个牧羊人一样，成为索利的继任者。他要领导美国黑人继续进行抗争，实现民族的自由平等。服装符号在这里成为非裔美国人为改变自己的命运而进行斗争的真实历史写照。

符号在人类社会中无处不在，戏剧是表现人类活动和情感的艺术形式，更是充满了各式各样的符号。奥古斯特·威尔逊在《匹兹堡系列剧》中充分利用布景道具、人物姓名、音乐和服装等符号，赋予其深刻的历史隐喻，重现了 20 世纪非裔美国人的历史活动，让观众和读者有机会深刻了解非裔美国人曾经经历的各种历史伤痛、歧视和在大城市中的迷失。通过建构历史空间，威尔逊也展示了非裔美国人是如何不屈不挠地与命运进行抗争，以及在面对困难时所表现出的坚强、勇敢、乐观、睿智和勇于承担责任的黑人勇士精神。通过回望历史，威尔逊提示非裔美国人勿忘祖先历史，只有传承祖先的记忆和文化，非裔美国人才能获得真正属于自己的空间。

第十二章　心灵的需求　精神的家园

——《匹兹堡系列剧》中非裔美国人的精神空间

奥古斯特·威尔逊《匹兹堡系列剧》中的十部剧关注了非裔美国人，尤其是男性之间的深厚友谊。他们通过友谊获取了建构精神空间的方法，这种空间使他们获得了归属感，并给予他们战胜困难的决定性的支撑力量。

结构主义学家格雷马斯认为"意义"是由二元对立的"语义素"来体现的，将这些二元对立的结构元素称之为"行动素"，并确立了三组对立的行动素，即主体与客体，发送体与接受体，辅助体与反对体，并创立了行动素模式。法国戏剧符号学家安娜·于贝斯菲尔德对格雷马斯的行动素模式做了进一步改进，"将从辅助体和反对体发出的箭头指向宾体，因为冲突围绕着宾体进行"，① 并且将这种模式引入戏剧研究方法，对分析戏剧作品中的人物行动的起源与意义、矛盾和人物关系提供了新的角度。因此，本章将运用戏剧行动素对威尔逊的三部作品《海洋之珍》《七把吉他》和《篱笆》进行分析，探讨这三部剧中非裔美国人的精神空间。

---

① ［法］于贝斯菲尔德：《戏剧符号学》，宫宝荣译，中国戏剧出版社 2004 年版，第 48 页。

一、非裔美国人精神空间特点

通过人物行动素模式分析威尔逊的三部剧作，将剧中的主要人物放在行动素模式中的主体位置，可以得到相应的行动素模式，这些模式有助于厘清剧作中的各种人物关系和矛盾冲突以及非裔美国人精神空间的特征。

《海洋之珍》

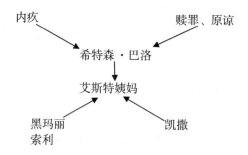

在剧本《海洋之珍》中，非裔美国人的精神空间集中体现在希特森·巴洛和索利这两位男性角色之间的友谊。希特森·巴洛因为内疚向艾斯特姨妈寻求帮助以赎罪，获得原谅。在这个过程中，索利处于帮助体的位置。两人结下了深刻的友谊，在索利烧毁磨坊被凯撒搜捕时，希特森·巴洛冒死将他救了回来，并且当索利去世时，"脱下大衣，穿上索利的衣服，带上他的帽子，拿起了索利的棍子"。[①] 当他穿上索利衣服的同时，也肩负起了索利拯救同伴的重任，他是索利生命的延续。在非裔美国人的精神空间里，友谊不会因为死亡而终结，它成为了非裔美国人精神世界里坚定的信念和永恒的追求，成为共同对抗白人群体的有力精神支柱。

---

① Wilson，August. 2006. *Gem of the Ocean.* New York：Theatre Communications Group. p. 84.

《七把吉他》

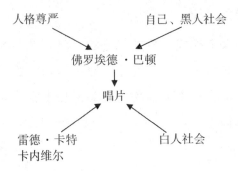

上述行动素模式图以佛罗埃德·巴顿为主体，在他追求做唱片梦想时，雷德·卡特和卡内维尔处于帮助者的位置。音乐将三个人紧密联系起来，在剧中，卡内维尔吹起口琴，弗罗埃德弹起吉他，雷德敲起了鼓点，三人合奏。在这样的时刻，这个世界只有他们音乐的存在，友情的存在，没有白人的歧视和侮辱，没有随时会发生的暴力危险。在种族歧视盛行的社会里，非裔美国人之间的友情能帮助他们获得安全感，摆脱了孤独，构建了共同反抗压迫的强大精神空间。

《篱笆》

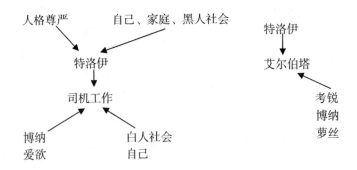

在《篱笆》中，博纳是特洛伊忠诚的朋友。每个周五，博纳都

会和特洛伊聚在一起喝酒闲谈。博纳对他的朋友和妻子都信守承诺，因此他能够客观地看待他的朋友特洛伊，并且在特洛伊徘徊于妻子和情人之间的时候适时提醒他迟早会丢掉一个的。因此，在特洛伊追求司机工作的行动素模式中，博纳处于帮助者的位置，而当特洛伊最终和艾尔伯塔在一起的时候，博纳从帮助者的位置转换到反对者的位置，两人之间每周五的喝酒闲谈也就此终结。

二、非裔美国人精神空间模式

从上述剧作的行动素模式图中有助于清晰了解威尔逊这几部剧中的人物关系以及剧作中非裔美国人精神空间建立的模式。这种模式包括三种必要因素：

1. 相似的遭遇

威尔逊的剧作多发生在匹兹堡市——美国北部的一个新兴工业城市。这几部作品设置于不同的时间背景：《海洋之珍》—1904 年；《七把吉他》—1948 年；《篱笆》—1957 年。美国奴隶制废除于1865 年，距威尔逊的第一个十年黑人状况的剧本《海洋之珍》已过四十余载，但是美国黑人的生活却依然处于水深火热之中。曾经被奴役的痛苦仍然深深存在，时间并不能治愈他们心底的痛楚，他们都无法摆脱奴隶后裔的身份。南北战争的胜利为黑人奴隶打碎了有形的枷锁，却也为他们留下了无形的枷锁——种族歧视与压迫。为了寻求自由和平等，南方的黑人纷纷逃往北方，希望能在北方匹兹堡这个城市安身立命。《篱笆》中的特洛伊和博纳便是在逃往匹兹堡时，因抢劫被关进监狱时相识，也因此而结下了深刻的友谊，开始一起在匹兹堡这个城市生活。《海洋之珍》中，索利为了摆脱南方的痛苦不堪的生活，通过"地下铁路"逃到了匹兹堡，希特森·巴洛为了自由和希望来到了这里，他们认识彼此，结下了生死之交。

　　威尔逊作品中的非裔美国人精神空间的建立立足于个体心灵的需求。非裔美国人之间的友情反映了 20 世纪非裔美国人尊重个体和自我意识的友谊观以及剧作家独特的人文关怀。这种精神空间是生活在种族歧视的非裔美国人的精神和心理补偿。

　　2. 共同的传统文化

　　威尔逊的作品在反映美国人的历史和现状的同时，还宣扬了非裔美国人的传统文化。在他的戏剧中，非裔美国人的传统文化将这些黑人同胞紧紧地联系在一起。在威尔逊的这几部剧中，我们可以清晰地看到威尔逊运用口头叙事的痕迹。在《篱笆》剧中，周五是特洛伊和博纳的发薪日，也是他们两个相聚在一起喝酒闲聊的日子，这成为他们生活中的固定模式。特洛伊给博纳讲述自己与死神的战争、自己的父亲、自己的生活经历。"特洛伊从他与死神战斗的故事中体会到他作为黑人男性，作为种族的一员，战胜当代美国社会中黑人群体的各种敌人的快感。他对死神的胜利是整个种族对于企图消灭他们种族的文化传统与历史的各种敌对力量的胜利，是对企图消灭非洲中心美国黑人文化传统的欧洲中心文化传统的胜利。"① 威尔逊的每部剧中都有不可缺少的黑人音乐元素，布鲁斯音乐对于备受伤害的黑人来说，有着无可替代的意义。黑人通过这些音乐来宣泄他们的痛苦，抚慰他们千疮百孔的心。《七把吉他》剧中，弗罗埃德·巴顿和雷德·卡特，卡内维尔因为布鲁斯音乐聚到了一起，相知相伴，音乐成为他们实现美国梦的途径，也挫败了他们的踌躇满志。剧中多次出现三人同时演奏的情境，他们借音乐表达自己的渴望，抚慰疲惫的身心。共同的文化为朋友之间的心灵对话搭建了一座桥梁，成功构建了非裔美国人的精神空间。

---

　　① 刘风山：《奥古斯特·威尔逊与他的非洲中心美学》，载《外国文学》，2008 年第 2 期，第 58 页。

3. 非裔美国人的精神领袖

威尔逊的剧作多聚焦于非裔美国人，虽然白人社会给他们带来了很多外在的威胁和伤害，但是他们自身也有着困惑和迷惘，也需要有人能给他们指引方向，弥补心中的空缺。这就是威尔逊剧中非裔美国人的精神领袖的作用。在剧作《海洋之珍》中，艾斯特姨妈就是这样的人物。当希特森因为害死无辜之人而内疚得无法自拔时，艾斯特姨妈接纳了他，指出他因为内疚而失去了生活的重心，并且带他去了白骨之城，回到了非裔美国人的过去。在艾斯特姨妈的帮助下，希特森重新做回了自己，也认识了索利，与他结下了深刻的友谊，融入了这个黑人社区。

像艾斯特姨妈这样的精神领袖还存在于威尔逊的其他剧作中，这些精神领袖既反映了非裔美国人的心理需要，又代表着非裔美国人的文化精髓，以其人格魅力成为非裔美国人发展的参照文本，对年轻一代的非裔美国人起到认同、激励和引导的作用。

三、非裔美国人精神空间的作用

威尔逊剧作中的非裔美国人因为相似的遭遇而相知相行，他们的友谊又通过传统文化、黑人领袖的精神引导而变得更加坚固。这样的友谊对于非裔美国人的生活有着举足轻重的作用，让他们能够更加勇敢地面对生活，也让他们在面对白人社会的威胁时更加坚定，也帮助彼此重构了社会身份。非裔美国人生活在社会的最底层，黑人男性更是肩负着养家糊口的重任，生活的压力对于他们来说是沉重的。在这样的生活中，朋友之间的友谊就显得更加珍贵。这些黑人男性只有在与这些朋友相处的时候，才能摆脱白人社会的种种歧视和侮辱。这时候，他们是作为有血有肉的人存在，而不是白人的附属品。因此在剧作《篱笆》中，特洛伊才与博纳固定在每周五喝酒闲谈，诉说对生活的期望，暂时摆脱家庭带给他们的沉重压力。非裔美国人之间的友谊帮助他们相互抚慰彼此受伤的心灵，相互宣泄痛苦。

同时，非裔美国人之间的友谊也帮助彼此重新构建了自己的身份。《海洋之珍》中的希特森就是在与索利的相处中，了解了索利所做的事业和为黑人争取平等自由所做的努力，也因此有了新的身份，从一个迷失方向的人转变成为黑人社区中的一员，对黑人社区有了责任，继续着索利拯救更多黑人同伴的事业。此外，非裔美国人的友谊也帮助他们更好地构建和融入黑人社区。面对整个以白人为主流的社会，一个人的力量是单薄的，凝聚在一起的黑人社区的力量却是强大的，只有相互支撑才能在这个社会占有一席之地。

威尔逊的剧作在反映美国非裔美国人历史和现实生活的同时，也生动地刻画了一个个有血有肉的美国黑人男性，他们同世界上所有的人一样，需要朋友。将人物行动素模式与戏剧相结合的方式有助于分析剧中非裔美国人之间的关系和矛盾，也能够清晰地展示他们的精神空间。这些非裔美国人有着相似的遭遇，都曾经远离非洲大陆，失去自由，千里迢迢来到美国，开始了被奴役的生活，又奔赴北方城市匹兹堡寻找希望和真正的自由；他们对非裔美国人的传统文化有着一样的热情，诉说着心底的故事，唱着来自遥远故土的布鲁斯；他们的精神领袖又将他们紧密地联系在一起。在沉重的生活面前，精神空间帮助非裔美国人笑对人生百态，也成为他们建立黑人社区的基石。这些非裔美国人或许并不完美，也会犯错，也会迷茫，但是他们的精神空间最终能够帮助他们重新构建身份，并在以白人为主流的社会找到自己的位置。

第十三章　多元的戏剧空间

——《匹兹堡系列剧》的戏剧空间阐析

非裔美国戏剧家奥古斯特·威尔逊以其卓越的文学成就蜚声文坛。自20世纪80年代起，威尔逊的艺术成就引起了国内外学界的广泛关注。其研究主要集中在作家生平和创作经历、作品主题、人物分析、非裔美国文化、族裔身份和移民叙事等。近几年，国内外学者对威尔逊及其作品的研究不断深入，然而从空间的视阈探讨《匹兹堡系列剧》（*Pittsburgh Cycle*）中的戏剧空间艺术手法的研究尚不多见。本章从社会维度具象化该作品中多元戏剧空间的阐发，突破传统戏剧研究视角的局限，探讨这一系列剧中社会空间、心理空间、政治空间和文化空间的表征及效果，进而揭示开放空间和禁锢空间对空间的生产和再生产所起到的效力。

戏剧空间的概念最早由迈克尔·伊萨卡罗夫在"戏剧中的空间与指称"（1981）一文中提出。他将戏剧空间划分为"剧场空间（architectural design）""舞台空间（the stage and set design）"和"剧作家的剧本空间（dramatic space as used by individual dramatist）"，并将剧作家的剧本空间细分为"模仿空间（mimetic space）"和"叙述空间（diegetic space）"。① 汉娜·丝考妮可芙在批判和借鉴迈克尔·伊萨卡罗夫戏剧空间理论的基础上提出了两个新术语，即："舞台内空间（theatrical space within）"和"舞台外空间（theatrical space without）"。② 舞台内空间指舞台上可视、可感、可触空间，舞台外空间是由戏剧人物话语所构建的动态、虚拟、延展空间。

　　《匹兹堡系列剧》将非裔美国人近四百年的历史空间化，浓缩于20世纪美国匹兹堡市希尔区这一物理空间，并隐喻化地通过戏剧舞台将多元戏剧空间展现在观众面前。本章以威尔逊《匹兹堡系列剧》为研究文本，将戏剧空间分为显性空间和隐性空间。在显性空间层面探究客观实体对禁锢空间中社会和心理特征的呈现，即《莱尼大妈黑臀舞》中聚焦种族歧视的社会空间和《篱笆》中展现内外疏离的心理空间；在隐性空间层面分析认知主体对开放空间中政治和文化因素的操纵，即《两列火车飞奔》中凸显民族主义的政治空间和《海洋之珍》中构建种族记忆的文化空间。

一、聚焦种族歧视的社会空间

　　法国思想家亨利·列斐伏尔对社会空间进行了深刻的阐析，他认为"（社会）空间是过去行为的产物，允许新的行为的产生，同时支持、抑制新生行为。这些行为中，有的支持文本产出，有的支持文本消费"。③ 社会空间是人类活动的产物并"包含主体的社会行

---

① Issacharoff, Michael. 1981. "Space and Reference in Drama." *Poetics Today*. Vol. 2. No. 3. p. 212.

② Scolnicov, Hanna. 1987. "Theatre Space, Theatrical Space, and the Theatrical Space Without." *The Theatrical Space*. Cambridge：Cambridge University Press. p. 15.

③ Lefebvre, Henry. 1991. *The Production of Space*. Trans. Donald Nicholson-Smith. Oxford：Blackwell Publishing Ltd. p. 73.

为"。① 它不仅指涉地理空间，而且还是文化互动和社会交流的产物。每个社会皆会产生其自身的社会空间，不同的社会关系和秩序在该空间中进行重构。

种族歧视是《匹兹堡系列剧》中贯穿始终的主题。威尔逊在《莱尼大妈的黑臀舞》中聚焦不平等的种族社会关系，将 20 世纪 20 年代美国社会压迫和屈从的社会关系通过舞台空间设计、人物戏剧话语和主体空间实践展现出来。威尔逊将剧中人物置身于芝加哥一个三层录音棚的舞台空间内，揭示种族霸权如何控制空间并渗透于非裔美国人社会交流的方方面面。垂直结构的三层录音棚顶层控制间由白人经理斯蒂文特和白人经纪人厄文操纵；中间层的录音室是白人与黑人共事的主要场所，莱尼大妈在此与白人警察冲突、与白人经理争执，与白人经纪人争夺空间控制权。最底层地下室是黑人乐手排练的场地，更像是一个种族隔离区。亨利 J. ·小伊莱姆（Henry J. Elam Jr.）把这个排练室比作"布鲁斯矩阵"，"一个隐喻空间，乐队成员在此空间中实施仪式，再现了非裔美国人生存的种族经历模式。"② 三个种族化的空间（控制室、录音室和地下室）与剧中人物的层级关系紧密匹对。黑人乐手与白人雇主之间的交流多是通过戏剧物体"传声筒"（speaking tube）实现的，体现了 20 世纪 20 年代种族间难以逾越的物理距离。

克里斯汀·施密特（Christian Schmid）指出："空间的呈现浮现

---

① Lefebvre, Henry. 1991. *The Production of Space*. Trans. Donald Nicholson-Smith. Oxford：Blackwell Publishing Ltd. p. 73.

② Elam, Harry J. Jr. 2004. "A Fit for a Fractured Society." *The Past as Present in the Drama of August Wilson*. Ann Arbor：The University of Michigan Press. p. 34.

在语篇、言语层面。"① 戏剧中人物通过其种族意识形态和话语建立空间的表征。剧中的三个白人角色斯蒂文特、厄文和白人警察的话语构建了种族化空间，他们的行为与空间的表征相辅相成。例如：斯蒂文特是个金钱至上的人，对黑人乐手态度冷漠。他经常对厄文抱怨不能忍受莱尼大妈的"女王派头"，认为她是"狗屎布鲁斯女王"，② 要求厄文"规矩"她的行为，并拒绝为她提供基本的供暖条件。当莱尼大妈不堪忍受其欺凌和压榨，决定出走时，他使用了威胁言语行为："如果你敢走出这个录音棚……""要是你胆敢在我面前离开的话……"③ 斯蒂文特的话语反映了白人种族主义者对非裔美国人蔑视、讨厌和排斥的态度，体现在他们的言语行为中，揭示了白人雇主与黑人乐手之间的歧视、剥削和压迫的种族关系。

空间实践是通过主体对空间的认知得以实现的，是一个"社会产出、再产出、衔接和构造的最抽象的过程"。④ 它可以被感知、观察和阅读。具体而言，空间实践指"日常生活和产出过程中浮现的交互和交流网络"。⑤ 社会空间是人类实践活动的产物。在该剧中，无处不在的种族歧视成为非裔美国人种族内部分裂的根源。囚禁在种族歧视弥漫的社会空间里，非裔美国人受到空间内部力量的压迫

---

① Schmid, Christian. 2008. "Henri Lefebvre's Theory of the Production of Space: Toward a Three-dimensional Dialectic." *Space*, *Difference*, *Everyday Life*: *Reading Henri Lefebvre*. Ed. Kanishka Goonewwardena, Stefan Kipfer, Richard Milgrom and Christian Schmid. New York: Routledge. p. 37

② Wilson, August. 1985. *Ma Rainey's Black Bottom*. New York: Plume. p. 18.

③ Wilson, August. 1985. *Ma Rainey's Black Bottom*. New York: Plume. p. 88.

④ Wegner, P. E. "Spatial Criticism: Critical Geography, Space, Place and Textuality." *Introducing Criticism at the 21ˢᵗ Century*. Ed. Wolfreys, J. Edinburgh: Edinburgh University Press, 2002: 182.

⑤ Schmid, Christian. 2008. "Henri Lefebvre's Theory of the Production of Space: Toward a Three-dimensional Dialectic." *Space*, *Difference*, *Everyday Life*: *Reading Henri Lefebvre*. Ed. Kanishka Goonewwardena, Stefan Kipfer, Richard Milgrom and Christian Schmid. New York: Routledge. p. 36.

和排挤，产生了不同的空间实践，其具体表征为非裔美国群体内部的争执和分裂。剧中莱尼大妈和李维分别代表传统布鲁斯音乐和新式布鲁斯音乐。传统布鲁斯与南方种植园记忆中的快乐、家庭生活和闲暇时光息息相关，而新式布鲁斯与北方城市的碌碌无为、集权统治和信仰缺失紧密相连。二者之冲突亦是否认与传承文化根源的冲突，是黑人内部不同价值观的冲突。

在《莱尼大妈的黑臀舞》中，威尔逊通过舞台空间设计、人物戏剧话语和主体空间实践聚焦种族歧视的社会空间，重现了非裔美国人在禁锢的空间里为争取自治空间和控制权所做出的不懈努力。

二、展现内外疏离的心理空间

心理空间是戏剧人物存贮在思维中的话语信息的集合，亦是实际物理空间的映射。心理空间的形成是社会、文化、认知交互作用的产物，西格蒙德·弗洛伊德（Sigmund Freud）认为人的情绪、意志和人格是受其社会和文化环境影响。亨利·列斐伏尔也强调社会环境在主体心理空间构建时的重要作用。他指出观察人际关系造成的空间变化有利于探究空间主体的心理状态。安娜·贝斯菲尔德进一步阐释了戏剧空间与心理建构的关系。她认为"舞台空间可以作为一个庞大的心理空间出现，在这个空间里，个人的心理力量和他人的心理力量相互碰撞"，并提出舞台空间是"主要人物内在（本我、自我和超我）冲突的场所"。[1]

感知空间和构想空间是"剧作家哲学观点的重要表达，对烘托

---

[1] Ubersfeld, Anne. 1999. *Reading Theatre*. Trans. Frank Collins. Toronto: University of Toronto Press. p. 105.

戏剧主题和安排人物行动发展起到至关重要的作用".① 在《篱笆》中，威尔逊巧妙并置可见的舞台内空间和想象的舞台外空间，成功构建了非裔美国人疏离的心理空间。舞台场景和戏剧物体等舞台内空间艺术手法塑造了该剧的物理空间：舞台上迈克森一家断壁残垣的房屋凸显出生活在北方城市空间的非裔美国人的生存困境。为了逃避南方的种族歧视，非裔美国人被迫采取空间转移的应对策略来到北方。他们远离了南方家园，抛弃了祖辈传承的南方乡土文化。然而地理空间的变迁并未阻断种族歧视由南至北的扩散。《篱笆》开篇对物理空间的认知描写是对剧中人物边缘化身份的投射，人物心理情感与舞台场景构建的物理空间相互映射，通过舞台上"斑驳的门廊""廉价的椅子""老式的冰柜"等视觉化形式展现出来。② 此外，舞台上显而易见的戏剧物体——棒球和球拍有效呼应令人窒息的舞台场景，成为剧中具有换喻意义的图像符号，成功阐释非裔美国人疏离的心理情感空间。舞台指令表明棒球处在舞台中心位置："棒球拍斜靠在树下，树上挂着一个用破布做的棒球。"③ 棒球拍指涉白人的破坏性力量和特洛伊终生无法实现的梦想及其异化的自尊，而自制的"破布"棒球作为空间表征，则负载着种族隔离现象的信息。窘迫的物理空间是造成生活在禁锢空间内的非裔美国人异化心理的主要因素。

可见空间的舞台场景和戏剧物体激活了剧中非裔美国人关于种族歧视的戏剧话语，这些话语以及话语中所蕴含的隐喻表达形成了剧中人物的心理空间网络。人物间对话构建出舞台外黯淡无光的社会空间，例如特洛伊和黑人好友博尼间的对话就将舞台内空间延展

---

① Lefebvre, Henry. 1991. *The Production of Space.* Trans. Donald Nicholson-Smith. Oxford: Blackwell Publishing Ltd. p. 38.

② Wilson, August. 1996. *Fences.* New York: Plume. p. 1.

③ Wilson, August. 1996. *Fences.* New York: Plume. p. 2.

到舞台外 20 世纪 50 年代北方非裔美国人的工作场所。"为什么让白人开车,却让黑人搬运东西?难道只有白人才会开车吗?开车又不是什么文职!谁都能开车!为什么只让白人开车,却让黑人搬运?"① 特洛伊抱怨的话语揭示出当时美国工作场所中存在的种族歧视现象。非裔美国人被排挤在主流职业体系之外,被迫从事繁重的体力劳动。经济上的不平等造成心理上的隔离,他们无法逃离现有空间,自尊心受到重创。

罗伯特·T. 泰利(Rober T. Tally Jr)将"疏离"定义为"一种某人或某事物分离的状态"。他进而指出在社会心理学方面,疏离是"人与社会疏远的心理状态"。② 《篱笆》中特洛伊就是一个典型的"疏离的个体"。他所处的种族歧视社会环境严重影响其心理空间构建,造成他不仅与社会疏离,而且也与自我疏离。剧中反复出现的棒球术语和有关棒球记忆的话语证明他已将自己封闭孤立在幻想之中,试图通过构建心理壁垒来实现自我保护。然而,无形之中他在内心建立起一道藩篱,造成了自我疏离。

处在禁锢空间的非裔美国人,其内心的情感反应是相似的,他们共有的认知能力构建了具有群体特征的心理特点。《篱笆》中交替出现的舞台内外空间有效呈现出非裔美国人普遍存在的内外疏离的心理空间特征。

三、凸显民族主义的政治空间

政治空间的概念已经广泛应用于政策制定和学术研究领域。列

---

① Ibid.

② Tally, Robert T. Jr. 2009. "Reading the Original: Alienation, Writing, and Labor in 'Bartleby, the Scrivener'." *Bloom's Literary Themes: Alienation*. Ed. Harold Broom. New York: Bloom's Literary Criticism. p. 2.

斐伏尔认为统治阶级将空间作为一种实现统治目的的工具:"空间并不是某种与意识形态和政治保持着遥远距离的科学对象,相反它永远是政治性和策略性的。"① 他还一针见血地指出政府利用空间来实现空间控制和配置的事实:"空间的等级性与社会阶层相匹配。假设所有阶层都有自己的聚集区,那么毫无疑问,工人阶层会处在最边缘地带。"② 列斐伏尔对政治空间的论述揭示了权力与空间之间的耦合关系,空间配置必须服从并服务于统治阶级的意图。

威尔逊的《两列火车飞奔》是一部以种族政治为核心的剧作,再现了20世纪60年代白人政治权力空间化的过程。剧作家采用"窗户框架手法"(window framing device)和"高谈阔论"(loud speaking)两种艺术手段,巧妙将非裔美国人所遭受的不同形式的种族歧视以及黑人社区日益恶化的暴力冲突展现在舞台之上。面对充满白人霸权意识形态的政治空间,非裔美国人通过黑人民权运动来改造受压迫的空间,打破空间对他们生存状况的宰制,实现空间拓展,以期建立独立的政治空间。整部作品再现了非裔美国人在空间实践的过程中,从寄期望于白人到自我决定的变化历程,体现了威尔逊的政治立场:民族自决是非裔美国人构建政治空间、获得政治权力的最有效途径。

在《两列火车飞奔》中,经济剥削和不平等的政治权力划分敦促非裔美国人开始重新审视政治危机并诉求新的政治空间。和《篱笆》相似,该剧中舞台内空间和舞台外空间的并置有效地呈现出20

---

① Lefebvre, Henri. 2009. "Reflections on the Politics of Space." *State*, *Space*, *World*: *Selected Essays*. Ed. Neil Brenner and Stuart Elden. Minneapolis: University of Minnesota Press. p. 170.

② Lefebvre, Henri. 2009. "Space: Social Product and Use Value." *State*, *Space*, *World*: *Selected Essays*. Ed. Neil Brenner and Stuart Elden. Minneapolis: University of Minnesota Press. p. 188.

世纪 60 年代非裔美国人陷入的政治困境。与《篱笆》不同的是威尔逊运用了传统戏剧手段——"窗户框架手法"（window framing device）将舞台内空间和舞台外空间有机结合在一起。该叙事手法是通过"窗户"使一个故事内嵌于另一个故事。内嵌的故事成为戏剧主题展示的焦点。汉娜·丝考妮可芙认为："窗户是房子前面的一个开口，是舞台内空间和外空间得以沟通的渠道。"[①]《两列火车飞奔》中小饭馆的窗户面对街区，饭馆里的人物通过窗口观察外部空间。例如：在第一幕，第二场中，伍尔夫和墨菲斯站在饭馆的窗前向外看，他们边看边向饭馆里其他的人描述饭馆外翰博和卢兹之间的对话。"窗户框架手法"将饭馆内的戏剧行动延伸至饭馆外，构建出不同的图示情景，使读者做出不同的阐释。

剧作家通过"剧中剧"的形式将剧情复杂化。剧场内的观众和剧中其他人物在看伍尔夫和墨菲斯，而伍尔夫和墨菲斯在看发生在窗外的另一场"好戏"。这扇窗"打破了演员和观众之间社会的和建筑的界限，不仅将所有参与者转化为看戏的'观众'，而且赋予每个人一个角色"。[②]威尔逊的目的在于让在场的白人观众和黑人观众共同目击窗外非裔美国人翰博的遭遇，并对现实生活中类似情景进行积极反思。这种艺术手法在戏剧表演和现实社会中搭建了一座桥梁，揭露了白人剥夺非裔美国人自由权力和利用空间将政治权力实体化的现实，进而引发另一层面中观众对相应问题的深度思考。

"高谈阔论"作为威尔逊在剧中的另一重要艺术手法，再现了白人权力空间化的过程。小亨利·路易斯·盖茨在《意指的猴子：一个非裔美国文学批评理论》一书中介绍了这种间接言语行为："说者

---

① Scolnicov, Hanna. 1994. *Woman's Theatrical Space.* Cambridge：Cambridge University Press. p. 62.

② Nellhaus, Tobin. 2010. *Theatre*, *Communication*, *Critical Realism.* New York：Palgrave Macmillan. p. 177.

和听者高声交谈，意在说给第三方。这种行为得以成功实施的标志是：第三方听后气愤地对说话人说：'你说什么！'而说话人却答道：'我也没跟你说话啊！'"① 例如，当豪罗威在舞台上向墨菲斯高声发表黑人根本找不到工作的言论时，不仅舞台上其他人物能清楚听到他的倾诉，而且剧场里的白人观众也能听到这段独白。这种类似指桑骂槐的修辞策略以微妙的方式将成千上万非裔美国人几百年来所遭受的种族歧视清晰地展示在观众（尤其是白人观众）面前。与此同时，非裔美国人渴望打破禁锢空间、重新配置空间权力关系的愿望也在舞台上跃然呈现。

《两辆火车飞奔》中的人物通过积极的空间实践来争取政治、经济和社会平等权利，以期实现空间扩张。黑人民族主义是他们寻求空间扩张的主要途径。威尔逊在其1996年的演讲中指出"自决、自尊和自卫是黑人民族主义的核心观点"。② 他不仅将马丁·路德·金和马尔克姆·X等黑人民权运动领袖作为剧中有影响力的人物，而且还塑造了一批深受民权运动思想影响的人物：斯德林大胆表达追求黑人权力和自决的愿望；翰博公开挑战白人权力；瑞莎通过自残控诉白人的罪行；墨菲斯为黑人尊严而抗争。这些具有勇士精神的人物反映了20世纪60年代非裔美国人为争取民权、反对种族歧视所进行的空间实践和不懈努力。

四、构建种族记忆的文化空间

文化空间是居住在特定文化社区的人群所构建的空间，具有动

---

① Gates, Henry Louis, Jr. 1988. *The Signifying Monkey: A Theory of Afro-American Literary Criticism.* New York and Oxford: Oxford University Press. p. 82.

② Wilson, August. 1996. "The Ground on Which I Stand." *American Theatre.* 13. 7. p. 14.

态性、传统性和整体性的特点。法国地理学家乔尔·柏奈马勋（Joel
Bonnemaison）认为："文化空间是领地的基础，是人类空间的基础。
每一个地区、每一种政治和文化体系都基于某种或开放，或封闭的
动态文化空间"。① 他进而指出文化空间是"一系列符号和价值所形
成的交融空间。"②

　　《匹兹堡系列剧》中饱含丰富的文化蕴含，承载了非裔美国人聚
居空间的文化表现形式。在《海洋之珍》中，剧作家再次聚焦匹兹
堡希尔区，构建了具有非裔美国人祖先文化意义的隐喻空间。通过
借助艾斯特姨妈的房子和白骨之城等再现的空间，威尔逊为非裔美
国人开启了一次非洲传统文化之旅。剧中大量的文化空间意象将非
洲历史空间化，不仅唤醒了非裔美国人对非洲传统的种族记忆，而
且实现了对在种族歧视的社会空间和疏离的心理空间中饱受煎熬的
非裔美国人文化治愈的效果。

　　文化空间既是地理性的文化场所，又是具有文化意义的隐喻空
间，是自我和他者对文化实践的价值判断。《海洋之珍》中艾斯特姨
妈的房子是展示非洲传统文化的一个重要物理场域，兼具时间性和
空间性。这幢房子的门牌号码 1839 是一个隐喻符号，代表 19 世纪
美国废奴主义者将黑人奴隶送往自由州的秘密网络——"地下铁路"
（Underground Railroad）。数字"1839"一方面将奴隶制和废奴运动
的历史空间化，另一方面也暗指艾斯特姨妈房子所承载的"地下铁
路"的意义，即为迷失的非裔美国人提供住宿，帮助他们获得精神
上的重生。此外，红色的大门也体现出艾斯特姨妈房子所蕴含的重
要空间含义。来访者必须要经过这扇红色的大门。血红色在代表非

---

① Bonnemaison, Joël. 2005. *Culture and Space：Conceiving a New Cultural Geogra-
phy.* Ed. Chantal Blanc-Pamard, Maud Lasseur and Christel Thibault. Trans. Josée
Pénot-Demetry. London：I. B. Tauris & Co. Ltd. p. 45.

② Ibid. p. 47.

裔美国人的愤怒的同时，也揭示了埃斯特姨妈在非裔美国人心目中的重要地位："对众多约鲁巴人来说，红色是象征着显赫地位的颜色。"① 因此，大门的颜色象征着艾斯特作为非裔美国人祖先强大的治愈能力。剧作家将有形的、具象化的房屋与无形的、抽象的非裔美国文化有机结合在一起，实现了物理空间与文化空间的统一结合，展现了文化表现形式存在于历史和现实相重叠的"空间维度"。

　　情境再现是威尔逊在《海洋之珍》中建构文化空间的另一重要手段。剧作家通过"白骨之城"这一救赎仪式再现了非裔美国人的祖先在大西洋奴隶贸易过程中的艰难历程。他运用了面具和奴隶意象，将舞台空间转换成一场非洲传统仪式。艾利、索利和黑玛丽戴上面具，在艾斯特主持的仪式中扮演角色。当西铁森感受到船的移动并进而看见贩奴船舱板之间被木枷和锁链锁住的黑奴时，他发现所有黑奴的相貌竟然与自己极其相似。通过在重塑的情境中亲历祖先的悲惨经历，一度迷失的西铁森成功实现了祖先历史和现实身份的缔结，完成了自我救赎。威尔逊打破了时空局限，建构了"白骨之城"。他相信："那些迷失的黑人、在奴隶贩卖过程中被抛入大海的黑人以及那些尸骨永远被遗弃在大西洋海底的黑人们能够在这里获得重生。"② "白骨之城"为剧中所有非裔美国人提供了历史、文化、宗教仪式的多重体验。在体验中，他们的种族记忆逐渐被唤醒，并认识到非洲传统文化是建构自我赋权的文化空间和重构种族身份的有效工具。

---

① Elam, Harry J. Jr. 2004. "Ogun in Pittsburgh: Resurrecting the Spirit." *The Past as Present in the Drama of August Wilson*. Ann Arbor: The University of Michigan Press. p. 187.

② Pettengill, Richard. 2000. "The Historical Perspective: An Interview with August Wilson." *August Wilson: A Casebook*. Ed. Marilyn Elkins. New York: Garland Publishing Inc. p. 168.

　　在《海洋之珍》中，威尔逊通过具有文化意义的物理空间、丰富的戏剧符号和仪式化的再现空间，构建了种族记忆的文化空间。这一空间不仅反映了非裔美国人世代相传的文化表现形式，而且也成为这一群体在历史进程中逐渐形成的认同纽带和认知空间。

　　总之，威尔逊《匹兹堡系列剧》中呈现出多元化的戏剧空间表征。匹兹堡市希尔区成为非裔美国人遭受种族歧视的社会空间、内外疏离的心理空间、追求民族主义的政治空间和重构黑人身份的文化空间的地理载体。社会空间凸显了社会不平等群体之间的矛盾关系；心理空间呈现了非裔美国人在北方城市被异化和边缘化的焦虑状态；政治空间展现了非裔美国人通过黑人民族主义进行的空间扩张；文化空间承载了非裔美国人的具有文化意义或性质的历史传统。多元空间形成相互交叉、重叠、支撑和影响的共变关系。这些空间不仅局限于本章所列举的四部剧作，在威尔逊的其他剧作中，也会发掘更多类似的实例，为其作品的多元戏剧空间表征提供佐证语料。剧作家在不断拓宽和延伸多元戏剧空间的过程中，将非裔美国人精神意识和能动性变化成功地呈现在戏剧舞台上。威尔逊这一系列剧作不仅是非裔美国人生存状态的真实书写，而且也反映了当代剧作家运用多元化空间深化主题的精湛艺术手法。

结　语

戏剧源于生活，是对世界的描述，是剧作家对世界的认识。戏剧作品所反映的现象世界不能脱离空间。戏剧作品在反映现实世界的同时，也包含对空间的反思。空间一直以来都是人类生活重要的组成部分。奥古斯特·威尔逊的《匹兹堡系列剧》是其对非裔美国人空间关切的表现。他在剧作中所塑造的多元空间展现了非裔美国人在 20 世纪所面临的困境，重现了他们为空间扩张所做出的抗争。威尔逊构建的戏剧空间已经超越了种族的局限，为非裔美国人和受压迫的民族重新审视历史和思考他们做出的选择提供了空间和动力。

威尔逊在其剧作中建构了多重空间维度。在《莱尼大妈的黑臀舞》中，他重现了种族歧视的社会空间。社会空间包含着再生产和生产的社会关系。① 威尔逊采用多种方式呈现了 20 世纪 20 年代美国社会的种族关系。三层建筑、三种种族的空间布局（控制室、工作室、乐队排练室）、白人和黑人角色按等级划分的定位等都充分表现了剧中不平等的种族空间关系。与《匹兹堡系列剧》中其他剧作不同，威尔逊很少在戏剧中塑造舞台上的白人角色，而在这部剧中，

---

① Lefebvre, Henri. 1991. *The Production of Space*. Trans. Donald Nicholson-Smith. Oxford: Blackwell Publishing Ltd. p. 32.

三个白人角色频繁出现，这使得种族间的紧张关系更加突出，揭示了白人对非裔美国音乐家的无情剥削和压制。此外，剧中非裔美国人以口头叙述的方式讲述的屈辱经历也可以表现出不平等的社会关系。剧中舞台空间设计、人物话语和人物行动构建的以录音棚为代表的构想空间，与舞台外的种族歧视相互呼应，勾勒出 20 世纪 20 年代美国社会压迫和屈从社会关系。囚禁在这种充满歧视的社会空间里，非裔美国人受到空间内部力量的压迫和排挤，产生了不同的空间实践。在《莱尼大妈的黑臀舞》中，威尔逊描述了一个由于对非洲文化遗产产生的矛盾态度而出现分裂的非裔美国人社区。

在《篱笆》中，威尔逊展示了非裔美国人的心理空间。非裔美国人在疏离的北方城市空间里产生了强烈的漂泊感。空间的环境对主体的心理状态有重要影响。该剧所呈现的空间环境不仅阻止了非裔美国人实现自己的梦想，而且也使他们丧失了自尊。第二次移民是非裔美国人产生疏离感的主要原因，也对他们造成了灾难性的影响。然而这种地理空间的变迁却并没有隔断种族歧视由南至北的扩散，非裔美国人仍然处于受害者的地位，而且更容易受到新空间中消极力量的伤害。剧中的主人公特洛伊就是打算进入美国白人占主导地区的非裔美国人的代表。资本主义的经济霸权剥夺了他在社会上的地位，也剥夺了他参加篮球比赛的机会，这使他受到了永久性的心灵创伤，也使他与外界产生了疏离。

在《两列火车飞奔》中，威尔逊塑造了黑人民族主义的政治空间。剧作家充分利用舞台外空间反映了 20 世纪 60 年代非裔美国人所遭受的不同形式的种族歧视以及黑人社区日益恶化的暴力冲突。面对如此恶劣的生活空间，非裔美国人通过黑人民权运动来改造受压迫的空间，打破空间对人们生存状况的宰制，实现空间拓展，以期最终建立独立的政治空间。非裔美国人的空间实践不仅反映了他们从寄期望于白人到自我决定的变化历程，也表明了威尔逊的政治立场：民族自决是非裔美国人构建政治空间、获得政治权利的有效途径。

在《海洋之珍》中，威尔逊构建了非洲传统文化空间和仪式空间。威尔逊认为非裔美国人只有认同黑人的文化与历史，才能成为具有黑人群体文化身份的真正的非裔美国人。在《海洋之珍》中，威尔逊借通过布鲁斯音乐、艾斯特姨妈的房子、白骨之城等再现的空间为剧中的非裔美国人开启了一次非洲传统文化之旅。威尔逊通过将非洲历史空间化不仅唤醒了非裔美国人对非洲传统的种族记忆，而且达到了对这些在种族歧视的社会空间和疏离的心理空间中饱受煎熬的人们文化治愈的效果。非洲传统文化是他们构建自我赋权的文化空间和重构种族身份的有效工具。

总体来说，威尔逊《匹兹堡系列剧》中的戏剧空间可以分为两类：一类是充满了种族歧视的禁锢空间，使非裔美国人信心受挫；另一类是宣扬黑人民族主义和非洲文化的开放空间。尽管非裔美国人在消极的禁锢空间内遭遇了许多障碍，但是他们仍然维护着自己的尊严和道德，不断开拓开放空间。莱尼大妈勇敢地面对白人社区的种族偏见，捍卫自己的权利；特洛伊·迈克森努力为家人提供更好的生活条件；瑞莎通过自残的方式来表达忠于理想、忠于自我的意愿；艾斯特姨妈为迷失的非裔美国人提供精神上的平静和安慰……这些非裔美国人积极的空间实践充分证明非裔美国人在禁锢空间里，为了构建生存空间所做出的努力。

威尔逊在建构多元戏剧空间的过程中运用了多种艺术手法，以不同的方法在《匹兹堡系列剧》中呈现出非裔美国人的多重空间维度。首先，威尔逊选择了匹兹堡市希尔区作为戏剧空间背景。在这个地方，威尔逊笔下的角色们分享他们的音乐、生意和经历。也是在这里，他们自由地通过历史轶事表达出非裔美国人的文化。时光荏苒，但地点未变。在这个不变的场景中，观众们见证了非裔美国

人的演变，他们根植于非洲，在美国的土地上为实现自己的梦想而
奋斗。"虽然有时亚文化空间来源于压抑和驱逐，但它非常有助于形
成社区精神和认同感。"① 希尔区原本是那些受到歧视的人们的流浪
之地，但后来却成为了充满力量的空间，促进了非裔美国人社区归
属感和自我认同感的形成。

此外，威尔逊将舞台布景作为非裔美国人生活现状的隐喻性表
达。列斐伏尔认为，"空间表征"是资本的空间，在"空间的生产
中起到实质性的作用，有着特定的影响"。② 在《匹兹堡系列剧》
中，这种设想的"空间表征"在舞台内的物理空间中有着客观表现：
《莱尼大妈的黑臀舞》中种族化的录音工作室、《篱笆》中迈克森一
家破旧不堪的后院以及《两列火车飞奔》中经营惨淡的小餐馆。由
于"官僚主义和政治独裁天生存在于压抑的空间中"，③ 威尔逊表
示，这些空间成为了白人阶级控制社会的工具。通过限制非裔美国
人在这个空间中自身和经济的权利，白人保持了对空间的控制，从
而加强了他们在空间中的社会和政治力量。

《匹兹堡系列剧》中的舞台布景大致上分为两类：室内空间
（厨房、客厅、录音室、餐厅、出租车车站和办公室等）以及室外空
间（院子和后院）。室内空间是寻求个人身份的场所。在《乔·特
纳来了又走了》中，厨房是吃饭、闲聊和跳朱巴舞的主要地点；在
《海洋之珍》中，艾斯特姨妈的家是迷失的非裔美国人的心灵庇护
所。室内空间与非裔美国人的个人活动息息相关。而不同的是，威

① Phillips, Richard. 2004. "Sexuality." *A Companion to Cultural Geography*. Ed. James S. Duncan, Nuala C. Johnson and Richard H. Schein. Malden: Blackwell Publishing, 2004. p. 269.
② Lefebvre, Henri. 1991. *The Production of Space*. Trans. Donald Nicholson-Smith. Oxford: Blackwell Publishing Ltd. p. 42.
③ Ibid. p. 49.

尔逊在室外空间，一个更接近大自然的开阔空间，设置了诸多仪式性的事件或仪式。在《乔·特纳来了又走了》中，拜纳姆（Bynum）的鸽子放血仪式，玛贝尔小姐（Mabel）灵魂的出现发生在院子里。在《篱笆》中，特洛伊与死亡进行斗争也发生在院子里，他在院子中警惕地挥舞着他的棍子。院子也是该剧剧终时加百利跳起非洲祭祀舞蹈的场景。与室内空间不同，室外空间与更为宏大的主题相关，关乎于人类必须面对的生死、宇宙的力量。威尔逊曾把他一部剧中的院子解释为"一个斗牛场、屠宰场，充满血腥暴力……这是一个花园，但它也是一个杀人场，一块墓地，一块流血的圣地"。① 因此，对于威尔逊来说，院子接近古老的大地，是流血牺牲的完美场所，也是庆祝新生命的最佳地点。总之，威尔逊戏剧中具有隐喻功能的舞台布景能让观众感知到非裔美国人深邃的传统文化。

威尔逊还通过舞台外空间使戏剧舞台内空间得以延伸。舞台内空间有利于剧作家保持戏剧内部空间的统一性，同时也能丰富空间表征的表达。威尔逊剧中的人物经常提及过去的、舞台外发生的事件，将美国历史上的种族歧视以委婉的方式呈现在观众和读者面前。在《莱尼大妈的黑臀舞》中，李维向其他乐队成员转述了童年时曾目睹的邪恶白人的行经；在《篱笆》中，特洛伊多次讲述了惨痛的棒球经历给他带来的创伤；在《两列火车飞奔》中，豪罗威和墨菲斯讲述了黑人兄弟翰博是如何被白人卢兹所欺骗；在《海洋之珍》中，索利痛苦地描述他被奴役的经历……威尔逊没有将种族间的对抗直接展现在舞台上，而是选择了一种更含蓄的方式——让他的角色们"大声说出"他们和祖先们曾经历过的苦难。正如亨利·路易斯·盖茨所言，"威尔逊的一大成就便是在被孤立的黑人世界中表现

---

① Weiss, Hedy. 1995. "Wilson's 'Guitars' Reverberates to the Sound of Black Life." *Chicago Sun-Times*. p. 1.

出白人具有歧义的存在——你并没有看见他们，却感觉他们无处不在。"① 这些舞台外的故事构成了威尔逊戏剧中的外部空间，并证实了非裔美国人个人和集体的经历。

　　威尔逊对非裔美国人的音乐具有非凡的理解力，这样的天赋使得《匹兹堡系列剧》成为一部充满音乐元素的杰作。《匹兹堡系列剧》中大体包括两种非裔美国人的音乐：布鲁斯音乐和黑人灵歌。系列剧中音乐宣泄式的歌词娓娓讲述了非裔美国人所经历的分离、歧视和苦难。可以看出音乐是这些非裔美国人的伙伴，为他们在狭小的空间中提供了一种生存方式。正如莱尼大妈在《莱尼大妈的黑臀舞》中所说，布鲁斯"帮助你早上起床。你在起来的时候便知道自己不是孤身一人。这世上还有别的东西。你在一起床便知道，无论你遇到什么麻烦，你都能解决，因为布鲁斯让你理解了生活"。② 非裔美国人的音乐是非裔美国人生活和文化中最具本土性的表现，也是非裔美国人在充满压迫的空间中蓬勃发展的有力象征。《莱尼大妈的黑臀舞》便是一个典型的例子，音乐成为剧中人物生活和种族身份的主要部分。对威尔逊来说，布鲁斯表达了构成人类性格的所有矛盾、约束和愿望。在其戏剧中，音乐不仅仅是展示人类痛苦经历的一种手段，也是指引非裔美国人如何在白人占主导地位的空间中生存的一种方式。因此，布鲁斯成为"非裔美国人对他们所处的环境的文化反应"。③ 例如，在《篱笆》的尾声部分，考锐在父亲特洛伊的葬礼上唱响他父亲的布鲁斯，这表明真正的力量源于接受父辈，接受过去，接受历史。在《海洋之珍》中，当非裔美国人试图

① Gates, Henry Louis, Jr. 1997. "The Chitlin Circuit." *New Yorker*. 3. p. 55.

② Wilson, August. 1985. *Ma Rainey's Black Bottom*. New York: Plume. p. 67.

③ Moyers, Bill. 2006. "August Wilson: Playwright." *Conversations with August Wilson*. Ed. Jackson R. Bryer and Mary C. Hartig. Jackson: University of Mississippi Press. p. 63.

重建身份时，黑人灵歌和非裔美国文化认同紧密交织在一起，成为建构身份不可或缺的部分。作为威尔逊戏剧的重要艺术手法，非裔美国音乐起到生存手段的作用，为唱歌的人以及那些有类似经历的观众提供了解脱。更为重要的是，非洲音乐中有非裔美国人真实身份的古老文化线索。只有通过这一理解，非裔美国人才能真正实现自身价值并掌握自己的命运。

　　除了以上的空间建构艺术手法，《匹兹堡系列剧》中的戏剧物体蕴含着深刻的隐喻意义。列斐伏尔认为"表征空间"是生活空间，是日常经历的空间。它是通过其"居民"和"使用者"复杂的象征和形象而被感受的空间，是"使其中的物体具有象征意义的物理空间"。① 在威尔逊的剧作中，大部分的戏剧物体是非裔美国人文化或祖先历史的形象，如乐器、棒球、篱笆、食物、销售清单等。这些物体作为象征和符号，包含了戏剧行为和生活情境的轨迹，并且构建了一个经验的领域。它们不仅有助于空间的建构，也表明在威尔逊心目中，颂扬非裔美国人文化，拓展禁锢空间，赋予非裔美国人社区力量的重要性。

　　通过结合列斐伏尔的空间理论和戏剧空间的理论，集中研究《匹兹堡系列剧》中非裔美国人的空间表征，可以看出空间在威尔逊的戏剧中起着至关重要的作用。一方面，禁锢空间呈现了非裔美国人的艰苦生活经历，并揭示了他们在边缘化和动荡的空间中所做的斗争。另一方面，开放空间体现了威尔逊倡导的非裔美国人的自我赋权和自我决定。《匹兹堡系列剧》中的政治空间和文化空间是处于疏离心理空间和充满敌意的社会空间内的非裔美国人生存的生活空间。通过政治赋权和回归非洲传统文化，非裔美国人能够在美国找

---

① Lefebvre, Henry. 1991. *The Production of Space*. Trans. Donald Nicholson-Smith. Oxford: Blackwell Publishing Ltd. p. 39.

到一个生存空间并重建自我身份。与此同时，威尔逊也在美国戏剧中为自己创建了一个表达政治和文化意识形态空间。因此，《匹兹堡系列剧》是他政治和文化态度的表达。

威尔逊的戏剧在舞台上所具有的不同寻常的力量不仅来源于剧本，也来源于对空间两面性的巧妙编排。作为一位灵活运用戏剧技巧和视觉效果的大师，威尔逊巧妙地操纵着空间来激发并吸引读者和观众的注意力，并引导他们理性地审视自己所处的空间。

通过从空间的角度来分析奥古斯特·威尔逊作品中的社会空间、心理空间、政治空间、文化空间等，有益于在解读威尔逊戏剧作品以及非裔美国戏剧作品方面获得新的角度和视野。同时，空间理论和戏剧作品之间的相互阐发对于印证空间理论在戏剧文本中的应用和完善戏剧空间理论都具有重大的作用。除了本书所探讨的戏剧空间外，威尔逊戏剧中还存在着其他空间维度。希望本书能够激发更多的学者参与戏剧文本的空间研究中，并将空间研究的方法拓展到其他非裔美国戏剧的研究中去。

参考书目

Albee, Edward. Preface. *The American Dream. The American Dream and The Zoo Story.* By Albee. New York: Signet, 1961.

Alkalimat, Abdul, et al. *Introduction to Afro-American Studies: A people's College Primer.* Chicago: Twenty-First Century Books, 1986.

Anderson, Addell. "August Wilson." *Contemporary Dramatists.* Ed. K. A. Berney. Washington, D. C. : St. James Press, 1993.

Ansen, David. "Of Prophets and Profits: August Wilson's '60s." *Newsweek.* 27 Apr. 1992. *New York Theatre Critics' Review.* 53 (1992): 141.

Aristotle. *Poetics.* Trans. Joe Sachs. Newburyport: Focus Publishing, 2006.

Bachelard, Gaston. *The Poetics of Space.* Trans. Maria Jolas. Boston: Beacon Press, 1994.

Baker, Houston A. , Jr. *Blues, Ideology and Afro-American Literature.* Chicago: University of Chicago Press, 1987.

Berry, Mary Fances, and John W. Blassingame. *Long Memory: The Black Experience in America.* New York: Oxford up, 1982.

Blanchard, Jayne M. "An August Tradition. " *St. Paul Pioneer*

Press. 4 May 1993: 10F.

Bogumil, Mary L. *Understanding August Wilson*. Columbia: The University of South Carolina Press, 1999.

Bonnemaison, Joël. *Culture and Space: Conceiving a New Cultural Geography*. Ed. Chantal Blanc-Pamard, Maud Lasseur and Christel Thibault. Trans. Josée Pénot-Demetry. London: I. B. Tauris & Co. Ltd. , 2005.

Booker, Margaret. *Lillian Hellman and August Wilson: Dramatizing a New American Identity*. New York: Peter Lang, 2003.

Bracey, John H. Jr. , August Meier, and Elliot Rudwick. *Black Nationalism in America*. Indianapolis: Bobbs-Merrill, 1970.

Burgan, Michael. *Slavery in the Americas: The Underground Railroad*. New York: Chelsea House, 2006.

Cavallaro, D. *Critical and Cultural Theory*. London: Athlone Press, 2009.

Caywood, Cynthia L and Carlton Floyd. "She Make You Right with Yourself: Aunt Ester, Masculine Loss and Cultural Redemption in August Wilson's Cycle Plays. " *College Literature*. 36. 2 (Spring 2009): 74 – 95.

Clark, Keith Spencer. "Reforming the Black Male Self: A Study of Subject Formation in Selected Works by James Baldwin, Ernest Gaines, and August Wilson. " Diss. The U of North Carolina at Chapel Hill, 1993.

Cone, James H. *Martin & Malcolm & America: A Dream or A Nightmare*. Maryknoll, New York: Orbis Books, 1991.

Crang, Mike. *Cultural Geography*. London: Routledge, 1998.

Dezell, Maureen. "A 10 – Play Odyssey Continues with *Gem of the Ocean*. " *Conversations with August Wilson*. Ed. Jackson R. Bryer and Mary C. Hartig. Jackson: University of Mississippi Press, 2006.

Diedrich, Maria, Henry Louis Gates, Jr. and Carl Pedersen. "The Middle Passage between History and Fiction: Introductory Remarks. " *Black Imagination and the Middle Passage.* Ed. Maria Diedrich, Henry Louis Gates, Jr. and Carl Pedersen. New York: Oxford University Press, 1999.

"double bass. " *Encyclopedia Britannica Online.* Encyclopedia Britannica, 2013. Web. 27 August 2013.

Dovey, K. "Home and Homelessness. " *Human Behavior and Environment: Advances in Theory and Research.* Vol. 8. Ed. Altman and C. M. Werner. New York: Plenum, 1985.

Dworkin, Norine. "Blood on the Tracks. " *American Theater.* (May 1990): 8.

Elam, Harry J. Jr. "A Fit for a Fractured Society. " *The Past as Present in the Drama of August Wilson.* Ann Arbor: The University of Michigan Press, 2004.

—. "August Wilson, Doubling, Madness, and Modern African-American Drama. " *Modern Drama: Defining the Field.* Ed. Rick Knowles et al. Toronto: University of Toronto Press, 2003.

—. "*Gem of the Ocean* and the Redemptive Power of History. " *The Cambridge Companion to August Wilson.* Ed. Christopher Bigsby. Cambridge: Cambridge University Press, 2007.

—. "Ogun in Pittsburgh: Resurrecting the Spirit. " *The Past as Present in the Drama of August Wilson.* Ann Arbor: The University of Michigan Press, 2004.

—. "Of Angels and Transcendence: An Analysis of *Fences* by August Wilson and *Roosters* by Micha Sachez-Scott". *Staging Difference: Cultural Pluralism in American Theatre and Drama.* Ed. Marc Maufort. New

York: Peter Lang Publishing Inc. , 2012.

Elias, Robert, ed. *Baseball and the American Dream.* New York: M. E. Sharpe, 2001.

Elkins, Marilyn, ed. *August Wilson: A Casebook.* New York: Garland Publishing, Inc. , 2000.

Fischer-Lichte, Erika. *The Transformative Power of Performance.* London and New York: Routledge, 2008.

Fishkin, Benjamin Hart. "William Faulkner, August Wilson, and Sherman Alexie. " *Outward Evil Inward Battle.* Ed. Benjamin Hart Fishkin, et al. Mankon: Langaa RPCIG, 2013.

Foucault, Michel. "Questions on Geography. " *Power/Knowledge: Selected Interviews and Other Writings*, 1972 – 1977. New York: Pantheon Books, 1980.

Gaffney, Floyd. "*Ma Rainey's Black Bottom.* " *Masterpieces of African-American Literature.* Ed. Frank N. Magil. New York: HarperCollins, 1992.

Gates, Henry Louis, Jr. "The Chitlin Circuit. " *New Yorker.* 3 February 1997: 44 +.

—. *The Signifying Monkey: A Theory of Afro – American Literary Criticism.* New York and Oxford: Oxford University Press, 1988.

Gist, Vivian E. "Ritual Use of Death in the Plays of August Wilson. " Diss. U of Maryland, 2000.

Grant, Nathan L. "Men, Women and Culture: A Conversation with August Wilson. " *Conversations with August Wilson.* Ed. Jackson R. Bryer and Mary C. Hartig. Jackson: University of Mississippi Press, 2006.

Harrison, Paul Carter. "August Wilson's Blues Poetics. " *August*

Wilson: *Three Plays*. Ed. Paul Carter Harrison. Pittsburgh: University of Pittsburgh Press, 1991.

Haugen, Peter. " 'Shadow' is Emotion Charged Drama: Pain, Performances Ring True in S. F. Tale of Latino Family. " *Sacramento Bee Theater Critic*. Nov. 12, 1990. http: //www. brava. org/Pages/Reviews/ SM_ SactoBe. html (Retrieved Feb. 14, 2013) .

Hebdige, Dick. *Subculture, the Meaning of Style*. London: Methuen, 1979.

Henry, William A. , III. "Exorcising the Demons of Memory. " *Time*. 27 Apr. 1988. Rpr. *New York Theater Critics Reviews*. 1992: 135.

Huggins, Nathan Irvin. *Black Odyssey: The African-American Ordeal in Slavery*. New York: Vintage Books, 1990.

Isherwood, Christopher. "August Wilson, Theater's Poet of Black America, Dies. " *New York Times*. 3 October 2005: N1.

Issacharoff, Michael. "Space and Reference in Drama. " *Poetics Today*. Vol. 2. No. 3. (Spring 1981): 211 – 224.

Johnson, Charles S. *Patterns of Negro Segregation*. New York: Harper, 1943.

Jones, Arthur C. "Black Spirituals, Physical Sensuality, and Sexuality: Notes on a Neglected Field of Inquiry. " *Loving the Body: Black Religious Studies and the Erotic*. Ed. Anthony B. Pinn and Dwight N. Hopkins. New York: Palgrave Macmillan, 2004.

Lefebvre, Henri. *Everyday Life in the Modern World*. Trans. Sacha Rabinovitch. New York: Harper & Row, 1971.

—. "Reflections on the Politics of Space. " *State, Space, World: Selected Essays*. Ed. Neil Brenner and Staurt Elden. Minneapolis: University of Minnesota Press, 2009.

—. "Space: Social Product and Use Value. " *State*, *Space*, *World: Selected Essays*. Ed. Neil Brenner and Staurt Elden. Minneapolis: University of Minnesota Press, 2009.

—. *The Production of Space*. Trans. Donald Nicholson – Smith. Oxford: Blackwell Publishing Ltd. , 1991.

Logan, Rayford W. , and Michael R. Winston. *The Negro in the U-nited States. Vol. II: The Ordeal of Democracy*. New York: Van Nostrand Reinhold, 1971.

Lyons, Bonnie. "An Interview with August Wilson. " *Contemporary Literature*. 40. 2 (1999): 1 – 21.

Lyons, Charles R. "Character and Theatrical Space. " *The Theatrical Space*. Cambridge: Cambridge University Press, 1987.

Marra, Kim. "Ma Rainey and the Boyz: Gender Ideology in August Wilson's Broadway Canon. " *August Wilson: A Casebook*. Ed. Marilyn Elkins. New York: Garland Publishing, Inc. , 1994.

Mayne, Robert Warren. "Semiotics and the Use of Intermediate Space in American Stenography. " MS thesis. Texas A&M University – Commerce, 2004.

McDonough, Carla J. *Staging Masculinity. Male Identity in Contemporary American Drama*. Jefferson NC: McFarland, 1997.

McKelly, James C. "True Wests: Twentieth – Century Portraits of Artist as a Young American. " Diss. Indiana U, 1990.

Meier, August, and Elliot Rudwick. *From Plantation to Ghetto*, rev. ed. New York: Hill and Wang, 1970.

Monaco, Pamela Jean. "Father, Son, and Holy Ghost—From the Local to the Mythical in August Wilson. " *August Wilson: A Casebook*. Ed. Marilyn Elkins. New York: Garland Publishing, Inc. , 1994.

171

Moyers, Bill. "August Wilson: Playwright." *Conversations with August Wilson*. Ed. Jackson R. Bryer and Mary C. Hartig. Jackson: University of Mississippi Press, 2006.

Nadel, Alan. "Boundaries, Logistics, and Identity: The Property of Metaphor in *Fences* and *Joe Turner's Come and Gone*." *May All Your Fences Have Gates: Essays on the Drama of August Wilson*. Ed. Alan Nadel. Iowa City: University of Iowa Press, 1994.

—. "*Ma Rainey's Black Bottom*: Cutting the Historical Record, Dramatizing a Blues CD." *The Cambridge Companion to August Wilson*. Ed. Christopher Bigsby. Cambridge: Cambridge University Press, 2007.

Nartova – Bochaver, S. K. "The Concept of ' Psychological Space of the Personality' and Its Heuristic Potential." *Journal of Russian and East European Psychology*. Vol. 44, No. 5 (2006): 85 – 94.

Nellhaus, Tobin. *Theatre, Communication, Critical Realism*. New York: Palgrave Macmillan, 2010.

Nobles, Wade W. *Seeking the Sakhu: Foundational Writings for an African Psychology*. Chicago: Third World Press, 2006.

Pereira, Kim. *August Wilson and the African American Odyssey*. Urbana: University of Illinois Press, 1995.

—. "The Search for Identity in the plays of August Wilson: An Exploration of the Themes of Separation, Migration, and Reunion." Diss. Florida State U, 1991.

Pettengill, Richard. "Alternatives ··· Opposites ··· Convergence: An Interview with Lloyd Richards." *August Wilson: A Casebook*. Ed. Marilyn Elkins. New York: Garland Publishing Inc. , 2000.

—. " The Historical Perspective: An Interview with August

Wilson. " August Wilson: *A Casebook*. Ed. Marilyn Elkins. New York: Garland Publishing Inc. , 2000.

Pfister, Manfred. *The Theory and Analysis of Drama*. New York: Cambridge University Press, 1988.

Phillips, Richard. "Sexuality. " *A Companion to Cultural Geography*. Ed. James S. Duncan, Nuala C. Johnson and Richard H. Schein. Malden: Blackwell Publishing, 2004.

"piano. " *Encyclopedia Britannica Online*. Encyclopedia Britannica, 2013. Web. 27 August 2013.

Pirnajmuddin, Hossein and Shirin Sharar Teymoortash. "Space in August Wilson's *Fences*. " *Studies in Literature and Language*. Vol. 3, No. 2 (2011): 42 – 47.

Powers, Kim. "An Interview with August Wilson. " *Theater*. 16. 1 (1984): 50 – 55.

Rehm, Rush. *The Play of Space*: *Spatial Transformation in Greek Tragedy*. Princeton: Princeton University Press, 2002.

Rich, Frank. "Where Writers Mold the Future of Theater. " Rev. of *Ma Rainey's Black Bottom*, by August Wilson. *New York Times*. 1 Aug. 1982: 11: 1: 1.

—. "Wilson's Ma Rainey's Opens. " *New York Times*. 11 October 1984: C1.

Rocha, Mark William. "American History as 'Loud Talking' in Two Trains Running. " *May All Your Fences Have Gates*: *Essays on the Drama of August Wilson*. Ed. Alan Nadel. Iowa City: University of Iowa Press, 1994.

Rosen, Carol. "August Wilson: Bard of the Blues. " *Theater Week*. 27 May 1996: 18 – 35.

Rothstein, Mervyn. "Round Five for the Theatrical Heavyweight. " *New York Times*. 15 April. 1990: 8.

Roudané, Matthew. "Safe at Home: August Wilson's *Fences*. " *The Cambridge Companion to August Wilson*. Ed. Christopher Bigsby. Cambridge: Cambridge University Press, 2007.

Saunders, James Robert. "Essential Ambiguities in the Plays of August Wilson. " *The Hollins Critic*. 32 (1995): 1 – 11.

Savran, David. "August Wilson. " *Conversations with August Wilson*. Ed. Jackson R. Bryer and Mary C. Hartig. Jackson: University of Mississippi Press, 2006.

Schmid, Christian. "Henri Lefebvre's Theory of the Production of Space: Toward a Three – dimensional Dialectic. " *Space, Difference, Everyday Life: Reading Henri Lefebvre*. Ed. Kanishka Goonewardena, Stefan Kipfer, Richard Milgrom and Christian Schmid. New York: Routledge, 2008.

Scolnicov, Hanna. "Theatre Space, Theatrical Space, and the Theatrical Space Without. " *The Theatrical Space*. Cambridge: Cambridge University Press, 1987.

—. Scolnicov, Hanna. *Woman's Theatrical Space*. Cambridge: Cambridge University Press, 1994.

Shannon, Sandra G. "Blues, History, and Dramaturgy: An Interview with August Wilson. " *African Review*. 27. 4 (Winter 1993): 39 – 59, 552 – 554.

—. *The Dramatic Vision of August Wilson*. Washington, D. C. : Howard University Press, 1995.

—. "The Ground on Which I Stand: August Wilson's Perspective on African American Women. " *May All Your Fences Have Gates: Essays on the Drama of August Wilson*. Iowa City: University of Iowa Press, 1994.

Sheppard, Vera. "August Wilson: An Interview. " *Conversations with August Wilson*. Ed. Jackson R. Bryer and Mary C. Hartig. Jackson: University of Mississippi Press, 2006.

Sickles, Amy. *Multicultural Voices: African – American Writers*. New York: Infobase Publishing, 2010.

Sigmund, Freud. *New Introductory Lectures on Psychoanalysis*. New York: W. W. Norton & Company, Inc. , 1989.

Snodgrass, Mary Ann. *August Wilson: A Literary Companion*. Jefferson: McFarland & Company, 2004.

Tally, Robert T. Jr. "Reading the Original: Alienation, Writing, and Labor in 'Bartleby, the Scrivener' . " *Bloom's Literary Themes: Alienation*. Ed. Harold Broom. New York: Bloom's Literary Criticism, 2009.

Tkacheva, Olesya, et al. *Internet Freedom and Political Space*. Santa Monica: RAND Corporation, 2013.

"trombone. " *Encyclopedia Britannica Online*. Encyclopedia Britannica, 2013. Web. 27 August 2013.

"trumpet. " *Encyclopedia Britannica Online*. Encyclopedia Britannica, 2013. Web. 27 August 2013.

Ubersfeld, Anne. *Reading Theatre*. Trans. Frank Collins. Toronto: University of Toronto Press, 1999.

Wang, Qun. *An In – depth Study of the Major Plays of African American Playwright August Wilson: Venacularizing the Blues on Stage*. Lampeter: The Edwin Mellen Press, 1999.

Wegner, P. E. "Spatial Criticism: Critical Geography, Space, Place and Textuality. " *Introducing Criticism at the 21st Century*. Ed. Wolfreys, J. Edinburgh: Edinburgh University Press, 2002.

Weiss, Hedy. "Wilson's 'Guitars' Reverberates to the Sound of Black Life." *Chicago Sun – Times*. 22 January 1995：D1 +.

Wilson, August. *Fences*. New York：Plume, 1996.

—. *Gem of the Ocean*. New York：Plume, 2006.

—. *Ma Rainey's Black Bottom*. New York：Plume, 1985.

—. *King Hedley II*. New York：Plume, 2005.

—. "The Ground on Which I Stand." *American Theatre*. 13. 7 (1996)：14 – 16, 71 – 74.

—. *The Piano Lesson*. New York：Plume, 1990.

—. *Two Trains Running*. New York：Plume, 1993.

Wilson, Melinda D. "Review of *Gem of the Ocean*". *Theatre Journal*. Vol. 55, No. 4 (Dec. 2003)：728 – 729.

Wolfe, Peter. *August Wilson*. New York：Twayne, 1999.

Zaytoun, Constance Kathryn. "Review of *Gem of the Ocean*." *Theatre Journal*. Vol. 57, No. 4 (Dec. 2005)：715 – 717.

黄坚：《从"我是谁?"到"我们是谁"：论奥古斯特·威尔逊戏剧中的美国黑人身份认同》，华东师范大学博士论文，2009 年 5 月。

李尚宏：《黑与白如何博弈？——奥古斯特·威尔逊对黑人争取权益方式的思考》，载《外国文学研究》，2012 年第 5 期，第 92 – 100 页。

李尚宏：《"你自己的歌召唤着你"——论〈乔·特纳来了又走了〉中的黑人身份问题》，载《外国文学评论》，2012 年第 3 期，第 169 – 180 页。

曾艳钰：《当代美国黑人剧作家奥古斯特·威尔逊作品中的历史再现》，载《外国文学》，2007 年第 5 期，第 61 – 68 页。

周英丽：《我欲我所应得：论奥古斯特·威尔逊戏剧中的英雄》，华东师范大学博士论文，2007 年 5 月。

附录一　奥古斯特·威尔逊大事年表

1945 年，奥古斯特·威尔逊出生于美国宾夕法尼亚州匹兹堡市，属于弗雷德里克·奥古斯特·基特尔一族。

1957 年，威尔逊的母亲黛西与基特尔离婚，并迁居到了黑泽伍德。其母嫁给了大卫·贝德福德。后来威尔逊与继父关系十分密切，在那里度过了七年的光阴。

1959 年，他进入匹兹堡中央天主教高中读书。

1960 年，15 岁的威尔逊从格莱斯顿 10 年级退学，自此结束了他的正式教育。

1962 年，进入美国军队服兵役 3 年。

1963 年，退伍。

1965 年，威尔逊听了贝茜·史密斯的"没人可以烤出和我一样的甜蜜果冻卷"之后，开始研究布鲁斯音乐；生父去世；他决定成为一名作家并购买了人生中的第一台打字机；搬到了匹兹堡市贝德福德大街上的公寓。

1968 年，与他人共同创办匹兹堡黑色地平线剧院，创办目的是"使社区政治化"。

1969 年，继父去世，威尔逊与布伦达·伯顿结婚。

1970 年 1 月 22 日，女儿萨克娜·安瑟芮·威尔逊出生。

1972 年，与布伦达婚姻走到尽头。

1976 年，威尔逊的第一部戏剧《归乡》被当地业余演员搬上舞台。

1977 年，创作了音乐讽刺剧《黑色巴特和圣山》。

1978 年，定居在明尼苏达州的圣保罗，在那里以为明尼苏达科学博物馆创作剧本为生；《黑色巴特和圣山》在洛杉矶的剧院上演。

1979 年，完成剧本《吉特尼》。

1980 年，《吉特尼》被明尼阿波利斯市剧作家中心接受。

1981 年，完成了《莱尼大妈的黑臀舞》，并交给康乃迪克州的沃特福德的尤金·奥尼尔中心；和一位名叫朱迪·奥利弗的社会工作者结婚。

1982 年，奥尼尔中心接受了《莱尼大妈的黑臀舞》，这对威尔逊的戏剧生涯来说是一次大飞跃。经由此，他结识了查尔斯·杜顿和劳埃德·理查兹。

1983 年，威尔逊母亲黛西去世；同年，《篱笆》在奥尼尔中心上演。

1984 年，《莱尼大妈的黑臀舞》首次在耶鲁大剧院和纽约柯尔特剧院上演。

1985 年，《莱尼大妈的黑臀舞》获得了纽约戏剧评论圈奖1984—1985 年最佳新剧奖。《篱笆》在耶鲁大剧院首演。

1986 年，《乔·特纳来了又走了》在耶鲁大剧院首演。

1987 年，《篱笆》在纽约第 46 街剧院首演，并获得诸多殊荣。

1988 年，《乔特纳来了又走了》在纽约的埃塞尔·巴里摩尔剧院开幕，被纽约戏剧批评家评为 1987—1988 年戏剧季最佳剧本。《钢琴课》在洛杉矶的中心戏剧团和华盛顿特区的肯尼迪中心制作。

1990 年，《钢琴课》在纽约的瓦尔特·克尔剧院首演，并在当年获得普利策奖；同年与朱迪离婚，移居到西雅图。

1992 年，《两列火车飞奔》在纽约的沃尔特克尔剧院首演。

1994 年，与服装设计师克斯丹萨·罗梅罗结婚。

1995 年，《钢琴课》在 CBS 的 Hallmark 名人堂上演。

1996 年，《七把吉他》在百老汇沃尔特克尔剧院首演。《吉特尼》在匹兹堡公共剧院演出。

1997 年，《吉特尼》在新泽西州新不伦瑞克省的十字路口剧院开演。同年，威尔逊的女儿阿苏拉卡门·威尔逊在西雅图出生。

1998 年，《吉特尼》改版后，在费城自由剧院、旧金山洛林汉斯利剧院和波士顿亨廷顿剧院上演。

1999 年，《吉特尼》在巴尔的摩中央剧院隆重亮相。《国王赫德利二世》在匹兹堡剧院首演。

2000 年，《国王赫德利二世》在西雅图剧院、波士顿亨廷顿剧院和马克泰帕论坛上演。《吉特尼》在纽约百老汇第二舞台剧院上演，并获得纽约戏剧评论家协会奖。

2001 年，《国王赫德利二世》在华盛顿哥伦比亚特区肯尼迪中心和纽约弗吉尼亚剧院上演，并进行了 96 场演出。

2002 年，威尔逊作为特聘作家出席了在尤金·奥尼尔剧院中心召开的国家剧作家大会，《海洋之珍》在大会上朗读。

2003 年，《海洋之珍》在芝加哥的古德曼剧院首演。威尔逊的《我是如何学习我所学到的》单人剧在西雅图剧院上演。《海洋之珍》在洛杉矶的马克泰帕论坛上演，并获得了艺术与人文学科的亨氏奖。

2004 年，威尔逊在戏剧艺术节上获得言论自由奖，并获得《芝加哥论坛报》终身成就文学奖。《海洋之珍》在波士顿的亨廷顿剧院和纽约的沃尔特克尔剧院上演，并进行了 87 场演出。

2005 年，《匹兹堡系列剧》最后一部作品《无线电高尔夫》在耶鲁歌剧院和洛杉矶的马克泰帕论坛上演。威尔逊于 10 月 2 日逝世。10 月 16 日，百老汇的弗吉尼亚剧院更名为威尔逊剧院。

附录二　奥古斯特·威尔逊作品一览

奥古斯特·威尔逊的《匹兹堡系列剧》包括以下十部剧作：

1904《海洋之珍》（2003）

1911《乔·特纳来了又走了》（1984）

1927《莱尼大妈的黑臀舞》（1982）

1936《钢琴课》（1986）

1948《七把吉他》（1995）

1957《篱笆》（1983）

1969《两列火车飞奔》（1990）

1977《廉价汽车站》（1979）

1985《海德雷王二世》（2001）

1997《无线电高尔夫》（2005）